O chamada do estrada

O chamada do estrada

O chamada do estrada

O CHAMADO DA ESTRADA

WILHELM WILLEKE

Título: O chamado da estrada
ISBN: 9789564018782
Selo: Publicado independentemente
Todos os direitos reservados
Direitos autorais © 2020 Wilhelm Willeke
Design da capa e capa traseira: Dragonbookcovers.com
Tradução: Nathaly López Cruz
Layout: César López Yauzá

Algures neste livro, há uma frase à sua espera para que faça sentido a sua existência

Anónimo

O chamada do estrada

O chamada do estrada

O chamada do estrada

Índice

O chamada do estrada

PREFÁCIO

Este livro não é um thriller e romance de aventura como qualquer outro. E não é que não seja porque ao longo de suas páginas não encontramos aventuras e suspense em grandes doses, pois a verdade é que está cheio delas do começo ao fim, mas porque é algo mais. É uma canção à liberdade e, sobretudo, uma declaração apaixonada de amor pela vida na estrada. Wilhelm Willeke, o autor deste emocionante thriller, empresta a Daniel, seu álter ego no romance, alguns traços que lhe são peculiares, para que, embora as aventuras narradas nele sejam ficcionais, seu protagonista mantenha um certo parentesco com a realidade. Desde muito jovem, Willeke mostrou uma extraordinária inquietude que o levou a viajar pelo mundo. Seu caráter aventureiro é evidente no fato de que, assim como seu personagem, nunca teve muita dificuldade para chegar a um aeroporto e pegar o primeiro avião disponível, não importando o destino. Um de seus maiores passatempos, que marcou não só sua vida pessoal, mas também sua vida profissional, é sua atração pelo mar — o que também se reflete em alguns capítulos deste livro — um hobby que o levou a fundar uma escola de mergulho, que ele possui e ensina, e a mergulhar nas águas de vários países, incluindo Indonésia, Tailândia, Belize, República Dominicana, El Salvador, México, Peru, Guatemala, Honduras e seu país natal, o Chile. Mas a conexão mais próxima com seu personagem é o amor que ambos sentem, um na realidade e o outro na ficção, pelo mundo das motos. Como Daniel, Willeke descobriu esse universo fascinante, embora tardiamente, mas uma vez que o experimentou, seu espírito ficou imbuído daquele inexplicável desejo — quase poderíamos dizer, necessidade — de sair na estrada; com aquele sentimento quase mágico que toma conta de algumas motocicletas e nunca mais as abandona.

Quem nunca andou de moto pode achar difícil entender a sensação hipnótica de ter diante de si aquela linha infinita de cor de chumbo que se perde no horizonte, como se engolida pelas nuvens, e que pode levar qualquer um que saiba seguia a qualquer lugar do mundo. Mas o caminho não é só isso, é também o seu cheiro, os seus sons, a natureza que atravessa. E os seus céus. Embora o personagem do romance, talvez um pouco como o próprio Willeke, tenha um pouco de lobo solitário sobre ele, ele sente, como qualquer cavaleiro de asfalto que realmente é um, um laço fraternal com seus irmãos motoqueiros, com aqueles que compartilham com ele uma paixão pelo mundo irresistível e atraente da estrada. Uma dessas "irmãs da estrada" é Camila, uma motociclista enigmática que o protagonista encontra por acaso e com quem acaba compartilhando suas aventuras. Ambas são muito parecidas e pensam que quem nunca viajou pelo mundo sobre duas rodas não sabe o que é liberdade.

Wilhelm Willeke nos transporta magistralmente através das páginas deste romance para um mundo repleto de sensações em que, junto com os personagens principais, perseguidos por uma temível ameaça, podemos percorrer as estradas do Chile e da Argentina, saborear os imensos e esplêndidos céus, os íngremes picos dos Andes e nos surpreender, enquanto nos banhamos num majestoso lago, pela furiosa erupção de um vulcão aterrorizante. E é possível que este romance, além de manter seus leitores tensos da primeira à última página, também faça alguns deles sentirem, no fundo, o chamado da estrada.

CAPÍTULO 1

Ele sentiu uma pequena picada nas costas da mão esquerda e amaldiçoou o primeiro pacote para dentro. Desde o dia em que o recebeu, ele só tinha sido enfiado na mão direita porque o médico o aconselhara a manter a mordida da aranha no ar. Que diabos conteria o quarto pacote? Ele tentou desviar seus pensamentos dela e se concentrou na majestosa extensão do céu diante dele, mal salpicado em suas camadas superiores pelas pequenas manchas brancas de alguns cirros perdidos no meio de tanto azul. Quem nunca viajou pelo mundo sobre duas rodas, não sabe o que é liberdade, pensou Daniel ao dar sua gasolina Midnight Star, que ele sentiu firmemente sob suas pernas, e ficou grato pelo ar que bateu fortemente contra seu rosto naquela tórrida manhã de verão. Ele usou a viseira para se refrescar um pouco, pois a estrada aumentava o calor da estação e sua garganta começava a se sentir seca. Mesmo assim, ele desfrutou cada segundo da pedalada; havia se apegado tanto à moto que não podia mais conceber a vida sem ela. Ele inalou profundamente o cheiro dos arbustos e dos pinheiros que salpicavam à esquerda e à direita as terras que bordejavam aquela linha escura e maravilhosa que se estendia à sua frente até onde os olhos podiam ver, como se ele fosse se perder no infinito: a estrada. Como ele havia chegado a amar tanto aquele fragmento de asfalto empoeirado em que agora montava como um passeio livre em sua máquina? Foi quase por acaso. Toda sua vida ele havia sido uma pessoa aventureira, talvez um pouco irrefletida porque estava convencido de que a espontaneidade fazia parte da aventura. Não lhe custava nada ir a um aeroporto e pegar o primeiro avião disponível, não importava o destino; o crucial era que isso o levasse para longe, como se aqueles lugares remotos e desconhecidos o chamassem de longe, reclamando sua presença. Mas o ar não era o único meio de descobrir novas áreas inexploradas. Ele também havia se tornado instrutor de mergulho e havia mergulhado nas águas profundas de um oceano azul em inúmeras ocasiões, em busca de paisagens exóticas e de misteriosos naufrágios. Parecia que ele sempre tinha que viver sua vida no limite, explorando as possibilidades que ela oferecia, expandindo seu espírito além das fronteiras daquele mundo em que vivia, e que sempre parecia permanecer pequeno. Mas chegou um dia estranho quando, quase imperceptivelmente no início, e mais rapidamente com o passar do tempo, tudo começou a perder o sentido; as viagens não mais o motivaram, e ele sentiu que mesmo a improvisação não tinha mais aquele encanto cativante que até então havia guiado seus passos. O que tinha acontecido? Talvez sua alma tivesse sido preenchida com tantas experiências que acabara por esgotar sua ilusão? Ele mal tinha trinta e quatro anos e já se sentia velho, como se tivesse voltado de tudo. Então a morte de sua mãe veio sobre ele como um martelo de forja, e ele sentiu como se aquele golpe tivesse tirado o último fragmento vivo de sua alma. Ele perambulou por muito tempo sem um destino fixo até que um amigo sugeriu que fizessem uma viagem juntos em uma motocicleta, o que Daniel relutantemente concordou, mais para agradar ao amigo do que por interesse genuíno. Mas as coisas também deram errado aqui: seu amigo, Mario, descobriu que seria pai e cancelou a viagem no último minuto. Entretanto, um pouco por inércia, Daniel continuou com a ideia.

Comprou uma Yamaha magnífica e partiu sem um segundo pensamento, como nos velhos tempos, sem um destino fixo, abandonando—se ao capricho do destino. "E porque não", pensou Daniel agora, enquanto o som do motor de sua garota acariciava seus ouvidos, o destino lhe trazia um presente no momento mais inesperado. Tinham—lhe sido oferecidas duas: a moto que ele estava inclinado na época e a estrada. Isso foi há quase um ano e ele nunca se arrependeu, nem por um único momento, de ter decidido continuar a viagem sozinho, pois, embora ainda não o soubesse, a viagem que havia feito naquele dia não era apenas mais uma das muitas que havia iniciado ao longo de sua vida, mas uma viagem que iria transformar completamente sua vida.

O impacto de um mosquito em seus óculos de sol o afastou daqueles pensamentos que o haviam afastado por alguns momentos daquele que o assombrava o tempo todo em sua cabeça. Ele se sentiu inquieto com o maldito pacote. Era o quarto em um mês, embora desta vez fosse para ser entregue em mãos. O sol estava ficando cada vez mais quente, e a temperatura já estava acima de trinta graus. Ele estava sozinho a vários quilômetros ao sul de Santiago e já tinha rolado mil vezes por essa estrada. Não muito longe dali estava a casa da estrada onde ele havia sido convocado, onde além de saciar sua sede ele podia acabar com aquele jogo absurdo. Eu não sabia quem iria desistir dele ou como ele seria, mas não pensei que poderia deixa—ló ir sem dar—lhe uma explicação.

Quando ele chegou, ele parou a moto ao lado de vários caminhões que estavam estacionados. O rosto de seu relógio o informou que ainda faltavam dez minutos para as doze, então ele se divertiu olhando com prazer para o brilho do sol que brilhava sobre as formas polidas de um formidável petroleiro. O tanque, assim como o chassi e a cabine, estavam amarelos brilhantes, e seu olhar estava preso em sua superfície brilhante como uma mosca na teia de uma aranha. Seu dono deve ter passado horas polindo—o. Em comparação com as cabines e reboques lamacentos ou empoeirados dos outros caminhões, parecia uma peça de exposição. Por alguma razão, que ele não conseguiu identificar, achou o contraste perturbador. Ele olhou para os enormes pneus e eles estavam intactos, não um grão de pó, como se alguém os tivesse colocado ali sem que a estrada tivesse rolado. De repente, um lagarto se esquivou de suas botas e se escondeu atrás de um arbusto que secava por calor. Ele o seguiu com os olhos e pôde ver algo mais além, um grupo de motos dispostas em fila e descansando como selas ao lado de um regador. Ele se aproximou deles e olhou para eles por um tempo. Seria um desses motoqueiros quem faria a entrega? Ele imediatamente dispensou a ideia porque, apesar de saber que não fazia sentido, achou difícil associar um motociclista a qualquer coisa sórdida, pois para ele ser um motociclista de estrada era sinônimo de generosidade. Ele ficou fascinado com o mundo da estrada, um universo com regras próprias, cheio de peculiaridades e nuances, que até ele mesmo frequentava, tinha passado despercebido. Ele respirava o ar tórrido da manhã, e de algum lugar vinha o cheiro inconfundível daquele magnífico e indomado universo: poeira, asfalto, o cheiro distante de algum animal morto, a ninhada de folhas reaquecidas e a seiva de uma velha árvore ferida pelo sol. Assim que cruzou o limiar do local, percebeu a mudança de temperatura e gostou da atmosfera, que estava um pouco carregada de fumaça de tabaco e frituras — porque era mais fresca e acolhedora do que a aridez do exterior. Uma velha canção do Bon Jovi estava tocando, e seus acordes se misturavam com o zumbido preguiçoso das lâminas dos ventiladores penduradas no teto. A primeira coisa que ele fez foi olhar ao redor da multidão, mas não encontrou nada de incomum nos paroquianos: pessoas na estrada esfriando a garganta em um dia quente, nada mais. Nem teve a impressão de que alguém estivesse particularmente atento à sua presença, então se sentou—se em um banco ao lado do bar de madeira, de acordo com o estilo rústico do bar, e pediu uma cerveja gelada, enquanto esperava a chegada do estranho com quem havia combinado se encontrar. A garçonete que ela havia visto lá em outras ocasiões não estava lá. Ele se arrependeu porque, como ele se lembrava, ela era uma garota simpática, com um sorriso fácil e uma conversa agradável. O garçom que o servia, no entanto, era um sujeito despretensioso que mal olhava para ele. Ele se divertia ao vê—lós jogar bilhar em uma das mesas ao fundo da sala. A frieza do líquido âmbar borbulhou em seu paladar antes de descer suavemente pela sua garganta, hidratando—o. O álcool reanimou um pouco o peito dela e ela imediatamente se sentiu em boa disposição. Mas foi de curta duração, pois os pensamentos sombrios que o haviam acompanhado naquela manhã prevaleceram novamente. O que o homem perturbado poderia fazer tal coisa, e para quê? Ele tomou outra bebida de sua garrafa e sua mente voltou a algumas semanas atrás, quando recebeu o primeiro pacote em sua casa. Não tinha endereço de retorno, e quando ele a abriu, imediatamente a largou quando viu algo se movendo dentro dele. Uma enorme aranha parda saiu da caixa a toda velocidade. Daniel não a esperava e achou difícil pegar o animal, pois quando estava livre, ele se movia incrivelmente rápido em suas muitas pernas para tentar escapar. Ele conseguiu pegá—ló novamente na caixa e fechou—o com dificuldade, não antes de receber uma picada na mão esquerda que queimou como se ácido tivesse sido jogado nele. Ele devolveria aquele magnífico exemplar de aracnídeo para a montanha, onde ele nunca deveria ter saído. Ele o tomou como uma piada de mau gosto, embora em seu coração o sentisse como algo perturbador, até mesmo ameaçador. Uma semana depois, recebeu uma nova embalagem com o mesmo tamanho e características da anterior, o mesmo papel de embrulho marrom selado com uma tira plástica. Ele o abriu com alguma cautela, esperando que algum animal vivo saísse novamente, mas desta vez ele encontrou a pequena carcaça de uma galinha. No início, ele pensou que ela tinha se afogado no caminho, mas logo percebeu que sua garganta tinha sido cortada antes de ser enviada. O terceiro pacote chegou algumas semanas depois. Desta vez estava cheio de algo que a princípio parecia figuras de chocolate para ele, mas depois ele o identificou como um bando de insetos, alguns vivos e alguns mortos, lutando ansiosamente numa massa sem forma dentro daquele pequeno caixão. Ele estava o tempo todo rachando seus miolos, fazendo centenas de suposições sobre quem poderia ter lhe enviado esses presentes e se eles continham alguma mensagem. Ele pensou em dar um relato disso à polícia, mas acabou descartando a ideia, não tinha certeza de que tais coisas pudessem ser encobertas pelo crime. Finalmente, após quatro semanas, chegou uma carta, também sem remetente, na qual, com uma caligrafia limpa, mas desconhecida, ele foi convocado no dia seguinte, às doze horas da manhã, para uma estalagem ao lado de uma bomba de gasolina. Era um lugar remoto, no meio do nada. Daniel sabia disso porque tinha parado para reabastecer sua moto e tinha aproveitado para tomar uma bebida e conversar com a garçonete por um tempo. Naquele lugar, segundo o texto, o último pacote seria entregue a ele e ele finalmente entenderia o motivo das entregas.

E lá estava eu, naquele bar, seguindo as instruções de

um estranho. De repente ele se sentiu como um idiota e tomou uma longa bebida da garrafa para tirar o pensamento da sua cabeça.

—Hey, amigo, você quer se juntar a nós?

Ele se voltou para de onde a voz estava vindo. Sentado a uma mesa, três homens e uma mulher olharam para ele. Pelo olhar deles, ele logo percebeu que eram os donos das motos que ele havia visto estacionadas do lado de fora.

—Claro! —respondeu ele com um sorriso e foi em direção a eles.

Será que eram eles que estavam no pacote? Não precisava ser assim. Não é nada estranho que um motociclista convide outro motociclista para compartilhar uma cerveja, mesmo que eles não se conheçam. Se houve uma coisa que ele aprendeu no ano passado, foi o espírito do pacote que une os motoqueiros. Há algo que de alguma forma os une, e não é apenas o espírito de aventura ou o desejo de liberdade, mas o médium em que eles se movimentam: a estrada. São todos cidadãos desse pequeno cosmos e cuidam uns dos outros, principalmente porque na estrada encontrarão muito mais pessoas se movendo em quatro rodas do que em duas, e às vezes a primeira é um perigo para a segunda. A princípio, essa ligação entre estranhos o surpreendeu, e o lembrou um pouco do comportamento dos tuaregues no deserto, cuja hospitalidade é lendária. Ele havia percebido que a estrada era um ambiente semelhante, grandes áreas de terra, às vezes solitárias, onde se podia precisar de ajuda a qualquer momento. Um mundo inteiro com suas próprias regras. Por exemplo, se alguém está com problemas, ele coloca o capacete no chão; isso é suficiente para que nenhum ciclista passe por ali. Ele também aprendeu o gesto peculiar de se cumprimentar quando atravessavam a estrada, soltando a mão com luvas do guidão e colocando—a ao nível do joelho para formar um V com os dedos indicador e médio. Não importa se eles se conhecem ou não, pois, na realidade, mesmo que não se tenham visto na vida, de alguma forma profunda, o que alguém que não é motociclista não consegue entender, todos aqueles que montam suas máquinas no asfalto são familiares. Muitos deles são lobos solitários, mas sabem que seus camaradas estão em algum lugar do asfalto. Ninguém sobre duas rodas está realmente sozinho na estrada.

Com o tempo ele percebeu que cada motocicleta que conhecia tinha sua própria história, uma dor ou um desejo, que os tinha levado para a estrada. Ao se dirigir para a mesa, ele se perguntou qual seria a história peculiar daquelas quatro.

—Uma manhã quente", disse ele em jeito de saudação, enquanto tomava seu lugar.

—Pode dizer isso de novo, meu amigo — respondeu aquele que parecia o mais velho deles, um cara de quarenta anos, com barba grisalha e ar Mapuche distante no rosto, que torrou sua garrafa de cerveja com a de Daniel. E isso foi só o começo!

—Daniel", disse ele em jeito de introdução, enquanto acendia um cigarro e respirava com prazer a fumaça que lhe fazia cócegas nos pulmões.

—Sou o Oscar para conhecê—lo. Estes são Camila, Tomás e El Cholo", ele apresentou seus companheiros, que responderam com um gesto de saudação como foram nomeados. Estavam todos vestidos de maneira semelhante, como o próprio Daniel, pois este era o traje habitual dos motociclistas: jaquetas de couro, jeans e botas altas, embora as jaquetas agora penduradas nas costas das cadeiras.

Eles conversaram por um tempo amigavelmente com o rock and roll em segundo plano. A conversa girava em torno de sua vida na estrada, que era a conversa recorrente entre motociclistas, ou suas máquinas: sobre capacidade do motor, estabilidade, potência. Oscar e Camila trocaram suas experiências na estrada com Daniel, mas Tomás, um cara loiro muito mais jovem, acabou assumindo a conversão. Seus amigos pareciam conhecê—ló e deixa—ló falar, então o garoto continuou com suas aventuras em sua Kawasaki. Ele estava tão animado que as palavras saíram correndo da boca dele, como se ele fosse um pai orgulhoso elogiando seu filho pequeno. Enquanto ele ouvia, Daniel olhava de vez em quando para a porta para ver se alguém entrava, mas seus olhos acabavam voltados para a garota, essa Camila. Não se podia dizer que ela era uma beleza deslumbrante, mas ela era bonita e tinha olhos lindos. Percebeu a peculiaridade daquela íris azulada, estava cheia de reflexos opalinos que nunca havia visto na superfície da terra, só que raramente em recifes sob o mar. Ela assistiu à conversa apaixonada de Thomas com diversão.

De repente, Daniel teve a sensação de que estava sendo encarado também. Ele virou seu olhar para o lado e seus olhos encontraram os do Cholo. Ele era o único dos quatro que não tinha dito uma palavra desde que se sentou. Ele teria mais ou menos sua idade, ou talvez alguns anos mais velho, e tinha um rosto um tanto ou quanto perspicaz, com traços afiados. Debaixo de sua camisa apertada estava um tronco fino, mas compacto. O olhar dele parecia petrificado no rosto, como se algum deus alienado o tivesse esculpido naqueles momentos, negando—lhe o movimento. Algo semelhante estava acontecendo com sua boca: sob um bigode preto, seus lábios eram pressionados quase exageradamente em um gesto de tensão. A brasa de seu cigarro aceso, que parecia ser apanhada como uma presa numa armadilha naqueles lábios sem movimento, foi lentamente consumida, enquanto sua fumaça atravessou a face do Cholo como o ectoplasma de um fantasma. Embora ele o tivesse surpreendido olhando para ele, não desviou o olhar, e isso causou a Daniel um sentimento de estranheza e um certo desconforto. Ele não sabia bem como reagir ao que era claramente um comportamento estranho, mas então percebeu que talvez ele fosse a pessoa que o havia convocado para lá. Finalmente, ele disse para si mesmo, agora você vai me dizer o que diabos está acontecendo aqui. Quando ela estava prestes a começar a falar, sentiu uma mão apoiada no ombro e instintivamente se virou um pouco abruptamente para aquele contato inesperado. O garçom, que o havia tocado, se voltou um pouco surpreso com a reação dele.

—Desculpe—me", disse ele com um pouco de autoconsciência, ao estender a mão para Daniel para lhe entregar um pequeno pacote. Para você.

Daniel levantouse de sua cadeira e olhou fixamente para o garçom quando ele pegou o pacote.

—Um homem me deu... Ele disse que era para você..." repetiu o garçom um pouco assustado com a atitude tensa daquele cliente.

—Onde está? —Não sei. —assumiu este, olhando para todo o lado.

—Ele se foi", disse o garçom.

—Merda! —exclamou Daniel, enquanto ele pegava um ingresso para pagar.

—Você está convidado, amigo", exclamou Oscar, piscando o olho para ele e levantando sua cerveja como um brinde.

—Obrigado! —replicou Daniel, balançando o polegar em agradecimento e tirando seu casaco da parte de trás da cadeira para deixar o local com pressa.

Quando ele saiu, o sol o atingiu com força no rosto e a luz o cegou momentaneamente. Ele tirou os óculos escuros do bolso do casaco e os colocou. Ele olhou para frente e para trás, mas não viu nenhum movimento. No entanto, o olhar de seu motociclista experiente detectou alguma poeira flutuando no ar denso aquecido pela ação dos raios solares no chão, e como ele não estava soprando nenhum ar, ele sabia que deve ter sido levantado recentemente por algum veículo em movimento. Ele olhou mais de perto e então percebeu: o petroleiro amarelo tinha desaparecido. Ele jurou para si mesmo, pensando que havia sido negligente. Se ele não tivesse passado tanto tempo conversando com aqueles motoqueiros... Ele olhou para o pacote em suas mãos. O coração dele pulou um batimento. Será que ele encontraria a resposta para esse disparate lá dentro? Ele jogou a beata de cigarro no chão e pisou na brasa com sua bota. Então ele abriu a embalagem lentamente, como se não tivesse pressa de saber o seu conteúdo, ou talvez, como se não quisesse realmente saber. Uma má sensação lhe passou pela cabeça enquanto rasgava a fita adesiva e puxava o papel marrom que a cobria. Ele pensou que poderia ser qualquer coisa. Bichos? Algum animal morto? Mas não importava quantas coisas ele imaginava; nunca lhe teria ocorrido o que ele encontrou quando o abriu.

CAPÍTULO 2

Ele tirou as fotos que a caixa continha e as olhou uma a uma sem poder entender o que isso poderia significar e qual a relação que tinha com as embalagens anteriores. Uma após outra, essas fotografias o mostraram em sua intimidade, em sua casa, dormindo em sua cama, deitado no sofá. Havia até uma em que ele aparecia cochilando na poltrona em frente à televisão com uma cerveja vazia na mão... Em nenhuma delas ele estava acordado e tinham sido tomadas nos últimos anos, provavelmente desde que ele se mudou da casa de seus pais para seu apartamento, quando tinha vinte e dois anos. Mas ele não se lembrava de nunca tê—los feito. A única pessoa em todas as fotografias era ele, e eles deram a impressão de que ele estava completamente sozinho. Ele as examinava cuidadosamente uma e outra vez. Algumas eram instantâneos coloridos; outras eram em preto e branco. O papel era fosco ou brilhante, e nas superfícies, especialmente nos cantos, podia—se ver que o papel já estava desgastado pelo tempo. O detalhe com o qual eles tinham sido tirados o abalou. A proximidade dos tiros, o enquadramento do seu rosto... estavam tão próximos e tão íntimos que até se podia sentir o seu suor, ouvir o seu ronco, ler os seus sonhos... Ao longo da série, as mudanças ocorridas ao longo dos anos foram evidentes, tanto nele como em seu apartamento, e enquanto ele olhava para eles novamente, uma suspeita estava tomando forma em sua cabeça. Mas isso não podia ser. Era simplesmente impossível. O sol começou a se tornar insuportável, pois seus raios o afetavam diretamente. Ele circulou a barra, buscando refúgio na sombra lançada pela parte de trás voltada para o sul. Uma vaca mordiscando um arbusto seco levantou a cabeça para olhar para ele apenas curiosamente e voltou para o seu arbusto, limpando algumas moscas zumbidoras com sua cauda. Daniel se perguntou o que uma vaca estava fazendo solta em um lugar tão estéril no meio do nada. Ele olhou para as fotos novamente. Ele tinha cada vez menos dúvidas: alguém as havia tirado enquanto ele não estava ciente disso. Mas quem poderia ter feito isso? A ideia de que alguém tinha invadido sua privacidade e espionado seus momentos mais íntimos durante os últimos anos o deixou tonto e ele teve que se encostar na parede porque ele ficou um pouco tonto. Ele respirou fundo e passou alguns segundos com os olhos fechados e a cabeça no ombro. Mil imagens passaram por sua mente, nas quais ele se via inconsciente, indefeso, desamparado, de uma perspectiva em que era ao mesmo tempo espectador e objeto exposto, observador e observado. Ele olhou para cima e viu sua mão descansando sobre a superfície descascada da parede: a mordida da aranha parecia ter crescido e estava um pouco mais avermelhada. De uma claraboia que se abriu um pouco mais acima na parede veio o lamento metálico do violão Guns N' Roses tocando lá dentro. Por causa do fedor vago que vinha dele, ele pensou que devia ter batido na lavanderia.

Eu não conseguia parar de olhar para as fotos. Ninguém além de alguém do seu círculo interno poderia ter feito isso, mas a ideia o aterrorizava. Como isso foi possível? Alguém da família dele? Os amigos dele? A ex-namorada dele? E como eles haviam entrado em sua casa tantas vezes sem que ele percebesse? Enquanto ele pensava sobre isso, mais perguntas surgiram. Mas o que mais o impressionou foi a ideia do que poderia passar pela mente de alguém que tivesse feito algo assim. Ele não podia ser uma pessoa normal. Alguém com sangue frio o suficiente para invadir a casa de outra pessoa, esgueirando—se, observando, mantendo um olho nas coisas. Por anos. Para que propósito? Ele sentiu que estava nu, e um frio correu pelo corpo dele. Ele esfregou seus braços instintivamente com as mãos, como se fosse limpar o olhar do estranho, como se estivesse preso à sua pele. A primeira coisa que lhe ocorreu foi ir para casa e procurar tudo, chamar seus amigos, interrogue-os, mas logo ele mudou de ideia. Ele não queria deixar a estrada. Agora ele se sentia mais em casa lá, em seu mundo de asfalto. O que era estranho para ele na época era seu apartamento, sua casa, aquele lugar onde, na realidade, ele nunca tinha ficado sozinho sem saber.

—Tudo bem?

Ele olhou para cima a partir das fotos e as direcionou para a pessoa que havia falado aquelas palavras. Ele sorriu.

—Bem, eu já estive melhor", disse ele com um sorriso, e instintivamente colocou as fotos na caixa para escondê—las da vista da garota.

—Saiu de lá. Como se o diabo estivesse te perseguindo

—observada Camila, sorrindo para ele por sua vez.

—O diabo", repetiu ele. Foi mais como se estivesse aqui fora, esperando por mim.

—Aí dentro? —dizia brincadeira, apontando para a caixa.

—Sim, eu o peguei. Agora ele não consegue sair.

Camila riu de coração e Daniel se sentiu surpreendentemente aliviado, como se sua risada tivesse conseguido dispersar as nuvens escuras que se formaram em sua cabeça por alguns momentos. A menina se aproximou da vaca e suavemente acariciou suas costas sem que o animal deixasse sua concentração no mato.

—Vejo que você conheceu Clarita.

—É o que parece", disse ele, tirando o maço de cigarros do bolso e oferecendo um cigarro a Camila.

—Não, obrigado", ela recusou. Então ele olhou para a vaca e acrescentou, enquanto ainda a acariciava: "Você sabe que as vacas sempre olham para o norte?

O que é isso? —assimou Daniel, acendendo o cigarro e dando uma fumaça profunda.

—Tem na cabeça sensores que lhes permitem reconhecer o campo magnético da Terra.

Ele olhou para a garota com curiosidade. Depois deixou a fumaça escapar lentamente de seus pulmões, enquanto tirava seus óculos de sol para ver melhor os olhos de Camila. Ela continuou falando, como se fosse para si mesma, enquanto continuava acariciando Clarita.

—Ela está ligada à Mãe Natureza. Todos nós estamos, mas alguns animais o fazem de formas que nem suspeitamos. Se pudéssemos ver o mundo como eles o vêem, talvez tivéssemos uma surpresa.

Daniel ficou fascinado com as palavras de Camila. Ele fez a pergunta engraçada dela:

—E como é que uma motociclista como você sabe essas coisas?

—Você vê," ela sorriu novamente.

—O que uma vaca está fazendo aqui? Camila encolheu os ombros.

—Eu a vejo às vezes. Ela deve estar fugindo de alguma fazenda no interior.

—Para uma casa na estrada? Eu gosto desta vaca. Tenho certeza que ela vem buscar a cerveja.

Camila riu de novo e Daniel olhou fixamente para ela. Os reflexos do sol conseguiram revelar ainda mais nuances em seus olhos do que ela havia visto dentro do local.

—Você vem muito aqui, então", disse Daniel.

—Sim, muitas vezes.

De repente, Daniel teve novamente a mesma sensação, que havia experimentado dentro da sala, quando sentiu que alguém o estava observando.

— Aquela vaca daria um bom bife no meu prato.

Daniel e Camila olharam pela janela. Aquele que tinha dito isso era o Cholo, que olhava dali para fora com um sorriso torto debaixo do bigode. Então ele passou a língua por cima dos lábios como se estivesse se lambendo em um suculento pedaço. Camila desviou o olhar com repugnância, mas Daniel continuou olhando para ela. O Cholo estendeu seu sorriso um pouco mais e desapareceu.

—Um homem estranho, seu amigo.

—Ele não é meu amigo.

—Ele pensou... que eles estavam tomando uma bebida juntos.

—Estou com Oscar e Tomás. Nós o convidamos para sentar conosco, assim como você. Você sabe...

—Sim, camaradagem de motoqueiros. —Daniel viu a Camila acariciando a vaca novamente. O cabelo marrom dela brilhava ao sol. Pobre Clarita.

—Você se parece um pouco com ela... — disse a garota com uma pitada de tristeza na voz.

—Me?". Daniel ficou surpreso.

—quero dizer... Eu acho que você é uma pessoa solitária...

Daniel continuou a olhar os reflexos marinhos nos olhos da garota, à luz do dia. Seus pensamentos se acomodaram de repente, sem saber como, sobre Benjamin, seu irmão mais velho.

—sozinho... —repetiu ele.

Então ele sentiu a ferida à sua esquerda — O céu se estendeu diante dos seus olhos como se fosse uma enorme borboleta de asas azuis voando em direção à imensidão. As nuvens, brancas como recém—lavadas, empilhadas no horizonte em nuvens de cúmulo inchado, adotando formas curiosas, que evoluíram novamente com o capricho da mão, e enquanto ele trazia a mente até ela, sentia a caixa que segurava e parecia queimar ainda mais que a mordida.

—Tenho que ir", disse ele.

—Não vou ter você...

—Não, não. É que eu tenho que fazer coisas.

Ótimo. Vou ficar com a Clarita — disse ela beijando a cabeça da vaca, que estava lá em cima naqueles momentos e olhando para onde Daniel estava, ou seja, para o norte. Pensando bem, talvez não fosse tão ruim com um pouco de ketchup.

Daniel olhou para ela um pouco perplexo.

—Vamos lá ver? —Queria saber antes de ele partir.

—Claro", sorriu ela. Na estrada.

CAPÍTULO 3

Daniel estava de volta à estrada, andando de bicicleta. Os cheiros, o rumor do vento, o sol no rosto, a velocidade, o asfalto. Aquele era o seu habitat e ele sempre se sentiu seguro lá. Mas agora o mundo lhe parecia ser um lugar mais perturbador, mesmo aqueles espaços abertos que ele tanto amava pareciam escurecer e esconder alguma ameaça. À medida que ele avançava, as listras brancas pintadas na estrada corriam em sua direção, dando a impressão de lanças atirando homenzinhos para ele de baixo do asfalto. Sua cabeça ainda estava girando com a mesma ideia: aquelas fotos e a pessoa que as havia tirado. Mas agora, na moto, ele estava pensando melhor. Ele era um homem de ação, inquieto, nunca tinha gostado de parar muito tempo em qualquer lugar, e parecia que os pensamentos vinham mais claramente à sua mente quando ele próprio estava em movimento. Ele tinha muita pouca informação: uma carta manuscrita com caligrafia cuidadosa, três pacotes absurdos com conteúdo sórdido e uma série de fotografias que haviam sido tiradas dele ao longo dos anos sem que ele percebesse. Mais uma vez lhe passou pela cabeça ir à polícia, mas, mais uma vez, ele a dispensou. Ele não tinha fatos suficientes e a história parecia implausível. Mas, acima de tudo, eu não queria alerta—ló, o cara que havia tido tempo e dificuldade para fotografa—ló por anos, por alguma razão que só ele sabia. Ele temia que uma investigação policial o assustasse, que ele talvez nem entrasse em contato com ele novamente. Se esse estranho, quem quer que fosse, tivesse passado anos à espreita, não sentindo a necessidade de tornar sua existência conhecida enquanto o espionavam, não havia nada que o impedisse, assim como de repente tinha decidido sair daquele longo silêncio, a partir de agora mergulhando de novo. Ela não queria afasta—ló, precisava que ele entrasse em contato com ela novamente, pois essa era a maneira mais rápida, talvez a única, de descobrir o que diabos estava acontecendo. Um sorriso amargo se espalhou pelo rosto dele por um momento, banhado no ar quente da estrada; ele achou irônico pensar que seu maior aliado naquela época, o único que realmente poderia ajude-o a desvendar esse mistério, era seu próprio inimigo. De repente ele percebeu que acabara de dar um nome àquele estranho. Durante as últimas semanas ele o rotulou mentalmente de "aquele cara estranho" ou "o cara com os pacotes"; agora ele o via de forma diferente, como seu inimigo. Ela também percebeu que sempre pensou nele como um homem, assumindo que ele fosse um homem. Mas na realidade, ele também podia ser uma mulher. Poderia ser qualquer um em seu ambiente imediato, alguém em quem confiasse, alguém que até amasse. Esse pensamento aumentou sua inquietude, e ele tentou tirar isso da cabeça, enquanto tentava se concentrar na direção.

Fazia muito tempo que nenhum veículo havia passado por ele; ele havia escolhido uma estrada secundária, na qual quase não havia trânsito. O bom de circular em uma motocicleta era que você estava livre para ir a qualquer lugar, sem ter que planejar nada ou negociar com mais ninguém, como muitas vezes acontece quando se viaja em quatro rodas. As únicas restrições a que você tinha que se submeter eram o combustível e a sua própria vontade. Ele podia percorrer grandes distâncias em qualquer direção e em pouco tempo e desviar—se do seu caminho pelo simples desejo de fazê—ló, tomando um caminho ou outro, sem dar explicações a ninguém, ao acaso, sem sequer precisar conhecer o seu próprio destino. Mas desta vez ele sabia perfeitamente para onde estava indo. Havia uma pequena cabana perdida entre as árvores e arbustos a poucos quilômetros de distância, na direção sudoeste, que certa vez deveria ter servido de armazém, mas agora estava abandonada. Era frequentada ocasionalmente por alguns motociclistas para descansar, embora na maioria das vezes estivesse vazia, pois não era de fácil acesso, e poucas pessoas a conheciam. Ele ia lá quando precisava ficar sozinho, e essa era uma daquelas ocasiões. A estrada era ladeada por árvores antigas que lançavam uma sombra suave sobre a estrada, e ali, longe da estrada principal, o som do motor era confundido com o silêncio da estrada, como se ele e sua moto estivessem se fundindo com a natureza.

Eu acho que você é um homem solitário... Essa frase emergiu novamente...

formigando através do emaranhado de pensamentos em sua cabeça. Ao lado dela, formou—se uma imagem agradável, que por um segundo tirou o desconforto da sua mente: a iridescência opalina dos olhos de Camila. Havia algo de especial naquela garota. E ela parecia ter um instinto. Mal haviam trocado algumas palavras em uma conversa banal, e ela havia percebido nele algo que estava muito abaixo da superfície, e que ele pensava estar escondido da vista dos outros. Era assim tão óbvio? Sim, pensou ele, era um solitário. Mas ele nem sempre tinha sido assim. Na verdade, ele se sentia confortável com as pessoas desde muito jovem e até mesmo tinha sido o líder de sua gangue quando adolescente. Mas desde que Benjamin tinha partido, tudo isso tinha mudado. Por que seu irmão mais velho veio à mente quando Camila pronunciou essas palavras? Será que seu desaparecimento teve algo a ver com seu progressivo isolamento do mundo, com essa necessidade de viver sua vida sem estar amarrado a nada nem a ninguém? Talvez. Ele sempre se sentiu muito próximo de Benjamin, para ele não era apenas seu irmão e melhor amigo, mas também o espelho em que se olhava, o cara mais inteligente, mais forte, mais simpático. E, de repente, aquele acidente. Daniel sentiu sua garganta seca; o efeito da cerveja fresca parecia ter se desgastado. Ele estava irritável e instintivamente deu mais força à moto. Às vezes ele se sentia como se ele e sua máquina fossem apenas um, como se seu humor, seus sentimentos, fossem transmitidos pelos cabos, pelo chassi, pelos pneus... Ou como se a corrente do motor também eletrificasse seus músculos e nervos ou a gasolina passasse por suas veias. Fazia muito tempo que ele não pensava na morte de sua mãe ou no desaparecimento de seu irmão. Sua Yamaha o salvou, o puxou para fora da frustração. Não só lhe havia permitido escapar fisicamente do mundo e se afastar da monotonia, dando—lhe todos os territórios, que ele podia alcançar com os olhos, mas também o havia afastado dos pensamentos amargos, da sensação de perda. Nas costas de sua garota ele via o mundo de maneira diferente, de outro ângulo. O próprio nome de sua bicicleta, estrela da meia—noite, era a metáfora perfeita para o que ela significava para ele: uma estrela no meio do céu noturno, longe de tudo, livre, poderosa e brilhante. Mas aquele pacote o tinha trazido de volta ao passado, e com ele aos pensamentos sombrios. Todos pensavam que seu irmão estava morto. O carro dele caiu no mar de um penhasco muito alto. Eles não encontraram o corpo, mas encontraram algumas caixas de cerveja no banco de trás. Tudo indicava que ele tinha bebido algumas a mais e deve ter perdido o controle do carro. As equipes de mergulho vasculharam a área em busca do corpo, mas as correntes oceânicas poderiam tê—ló varrido para o mar. Após uma longa e infrutífera busca, a polícia declarou o caso encerrado e ele foi oficialmente considerado morto, mas tanto ele quanto sua mãe se recusaram a acreditar que Benjamin havia sido comido pelos peixes. Algo lhes disse que ele poderia ter nadado, que poderia ter sido salvo, e que talvez tivesse perdido a memória ou estivesse em algum hospital inconsciente. Mas com o passar dos meses e anos, as expectativas se desvaneceram. Ele era o único que ainda tinha uma tênue esperança de que ele e seu irmão mais velho um dia voltariam a ficar juntos, mas agora ela já era tão pequena quanto uma pequena gota de água perdida na imensidão do oceano. Um oceano cujas águas ele havia explorado inúmeras vezes, talvez com a intenção de questionar as profundezas do mar, na vã esperança de encontrar algo em sua vastidão que lhe oferecesse uma pista de onde seu irmão estava.

De repente ele sentiu uma reviravolta em seu peito. Seus olhos tinham sido fixados em um veículo que dirigia na direção oposta à dele. Mais uma vez, o brilho amarelo chamou sua atenção como as pupilas hipnóticas de uma cobra. O petroleiro estava lá, a apenas 150 metros dele, como se viesse do nada. Ele apertou os punhos firmemente no guidão e continuou sua jornada, diminuindo um pouco a velocidade à medida que se aproximava. Quando chegou perto o suficiente, tentou avistar o motorista na cabine, mas tudo o que conseguia perceber era uma sombra atrás do reflexo do sol sobre o vidro. Ao passar, notou que a superfície do tanque brilhava como a cauda de um raro réptil. Ele pensou novamente na estranha delicadeza com que a seção cilíndrica do tanque havia sido afinada, e agora, movendo—se sob aquele céu magnífico, parecia um animal marinho de beleza mortal. Um pouco mais adiante, a motocicleta de Daniel fez uma mudança de direção e começou a seguir o caminhão. Ele achou que tinha sorte de tê—la encontrado tão casualmente, e um momento depois sentiu vontade de rir. Talvez seguir o caminhão—tanque de um estranho tenha sido algo absurdo. A ideia de que o motorista daquele caminhão era aquele que havia entregue o pacote era apenas um palpite. A única indicação que eu tinha era que, quando ele saiu do bar após receber a encomenda, só faltava aquele veículo que eu lembrava de ter visto estacionado ali. Não foi muito; pode ter havido algum outro veículo que ele não notou, ou pode ter ficado estacionado na parte de trás. Por outro lado, ele ficou dentro do bar por uns bons quinze minutos e nesse tempo, alguém poderia ter entrado e feito a entrega sem que ele percebesse.

Talvez ele tivesse desviado sua atenção da porta por muito tempo quando a depositou em Camila. Em todo caso, ele tinha se proposto a chegar ao fundo da questão e a única hipótese que tinha era que Além disso, algo o fazia pensar que não tinha perdido a marca, como se uma voz interior lhe dissesse que ele estava certo, que era esse cara que ele estava procurando, e que não ia deixar escapar a oportunidade de chegar ao fundo da questão. Ele o seguiu a uma distância segura, nem tão grande a ponto de perdê—ló, nem tão pequena a ponto de alerta—ló para a sua presença. Ele estava ciente de que poderia levar horas até que o caminhão parasse, mas não tinha pressa; o tanque de sua meia—noite estava cheio e não havia ninguém para esperar por ele em casa.

Cerca de quinze minutos depois de Daniel avistar sua presa, o caminhão virou à esquerda, pegando uma estrada não pavimentada para a mata. Daniel apertou o freio suavemente; ele não queria ser descoberto. Ele o seguiu devagar, mantendo distância e praguejando interiormente porque não gostava de rolar sua "garota" sobre trilhas ruins. O petroleiro continuou por mais cinco ou dez minutos ao longo do caminho, e no seu rastro, havia uma poeira espessa que às vezes a fazia desaparecer de vista. Ao sair de uma curva, ele diminuiu a velocidade. A estrada se alargou um pouco e se abriu em sua margem esquerda para formar uma ampla clareira rodeada de vegetação rasteira e árvores. O caminhão entrou na mata e parou, de modo que seu lado direito era visível.

"Eu te peguei", pensou Daniel, e ele também parou sua moto empurrando—a para fora da estrada e escondendo—a nos arbustos. Ele desligou o motor e saiu silenciosamente, aproximando—se cuidadosamente para a clareira coberta de folhagem. Alguns metros antes da estrada se expandir, ele parecia encontrar um ponto de vantagem perfeito do qual ele podia dominar a maior parte da clareira sem ser visto. Ele se agachou e observou silenciosamente atrás de um arbusto. Ele ouviu a porta do caminhão se abrir e alguém saiu. Ele só podia ver um par de botas de couro enfiadas em calças de ganga gastas saindo de debaixo do caminhão, já que o resto da carroceria estava escondido pelo caminhão. Ele sentiu seu pulso correndo. Logo ele iria ver quem era esse estranho, embora talvez ele não fosse tão desconhecido quanto ele pensava. O pensamento o deixava inquieto. Ele viu como as botas estavam se afastando e parecia ir para as árvores. Ele hesitou por um segundo.

Ele deve segui—ló ou esperar que ele volte? Não parecia haver nada ali, e o cara teria parado para aliviar a bexiga. Ele achou sensato esperar e não ser visto, ele não conseguia escapar de qualquer maneira.

Cerca de cinco minutos se passaram sem que nada acontecesse. Daniel manteve os olhos abertos, mas o único barulho que ouviu foi a gritaria de um pássaro ou o piar perdido de uma cigarra. Suas pernas começaram a ficar rígidas por causa do agachamento e ele acabou sentado no chão para desembaraça—las. Para matar a espera, ele tirou um cigarro do pacote em seu bolso, mas quando foi pegar o isqueiro, não conseguiu encontre-o. Sua carranca apareceu em um gesto de preocupação. Era um daqueles isqueiros de benzina metálica à moda antiga, um Zippo com a superfície cromada gravada. Estava desgastado pela idade e uso, e ele teve que trocar o pavio e a pedra várias vezes, mas gostava dele porque tinha pertencido a seu irmão. Seus pensamentos de repente se desviaram do isqueiro, porém, porque algo mais havia chamado sua atenção. Um escorpião que tinha saído de um buraco debaixo de uma pedra se aproximava lentamente de onde ele estava. Os músculos dele se contraíram e ele começou a se levantar cuidadosamente. Embora ele não acreditasse que seu veneno fosse letal pelo olhar do animal, ele havia sido picado por um desses insetos quando criança e não gostava da ideia de repetir a experiência. Sem tirar os olhos do artrópode por um segundo, ele se levantou cuidadosamente. De repente, ele sentiu algo bater com a cabeça e caiu no chão. Seu rosto foi deixado no chão e ele pensou que sua cabeça iria explodir de dor, enquanto ele notou que sua visão estava embaçada. A última coisa que seus olhos viram antes de desaparecer foi botas pretas empoeiradas, esmagando o escorpião. Ao fundo, a silhueta amarela do caminhão—tanque se desdobrava ameaçadoramente enquanto sua mente se fundia com o preto.

CAPÍTULO 4

Daniel sente o beijo frio da água através de seu neoprene enquanto mergulha perto da costa de Valparaíso. A cerca de dez metros de altura, a silhueta vaga do sol balançando da superfície parece um planeta brilhante de alguma galáxia distante. Naquele mundo, o silêncio preenche tudo. Provavelmente algo semelhante deve acontecer no espaço sideral, pensa Daniel, enquanto ele desce lentamente para permitir que seu corpo se ajuste gradualmente à mudança de pressão. Um pouco mais abaixo, ele avista um pequeno cardume de peixes e vai em direção a eles. Ele gosta de vê—los se afastarem dele, formando um belo padrão com seus corpos brilhantes e alongados, como um bando de estorninhos no céu. Ele, também, se sente como um peixe. Ele nota as barbatanas como a extensão de seus pés, que o impulsionam para baixo. Mais cinco metros, dez, quinze... Diante dele se abre uma imensa escuridão, como um enorme buraco negro que grita seu nome, que o chama com sua voz enevoada. E Daniel responde ao chamado, deixando as águas azuis da superfície para ir para o verde escuro das profundezas. Seu corpo se sente livre lá embaixo, assim como os pássaros devem se sentir, dispensados de obedecer à força da gravidade. Enquanto ele continua descendo, ele é entretido pelo ar expulso através de seu regulador, formando uma infinidade de bolhas brilhantes que brincam com sua subida apressada para o exterior. Ele sabe que não é prudente descer sozinho a essas profundezas, que isso nunca deve, em circunstância alguma, ser feito, mas sente como o pelicano pronúncia seu nome e, como Ulisses antes do canto das sereias, não consegue resistir à tentação de ir à invocação. Ele mal consegue ver mais de dois ou três metros à sua volta. A pouca luz que o atinge de cima e as partículas suspensas pelas correntes ao fundo limitam muito sua visibilidade.

De repente, ele vê uma mancha enorme que paira sobre ele.

enigmático na sua frente como um animal pré-histórico. Mas ao invés do medo, ele sente seu peito inchar de emoção. Ele sabe exatamente o que é, e nada em direção a ele. A figura de cabeça do navio afundado fica majestosamente como se o acolhesse, e Daniel estende a mão para tocar sua superfície enferrujada, coberta de algas e moluscos. Parece mesmo a pele de um dinossauro. Tem a forma de um tritão com metade de sua cauda faltando. Admirado, ele acaricia a superfície áspera de sua testa, as barbas que se entrelaçam em seu peito e a concha que sopra em seus lábios, da qual parece surgir um som milenar. Mergulha um pouco mais abaixo e percebe que a quilha do barco está enterrada na areia e dificilmente pode ser distinguida do leito do mar. Ele contorna o lado de bombordo, do qual aparece um canhão corroído, e um pouco mais adiante, vê um buraco no casco que se abre como uma boca preta através da qual os peixes entram e saem. Ele acha que provavelmente foi por aqui que a morte chegou ao navio, e ele também entra pelo buraco, como se fosse engolido por uma baleia.

Enquanto perambula pela garganta do navio em fascínio, ele imagina os últimos momentos dos marinheiros que navegaram pelas águas sem saber que ele se tornaria seu caixão. Aquele navio esquecido na quietude das profundezas lembra a Daniel a pequenez dos seres humanos e as insígnias do tempo. Ele está ali há séculos sob custódia paciente, alheio ao que está acontecendo com o mundo, como um vigia silencioso dos segredos ocultos do mar. Deslumbrado por seu enorme esqueleto, ele mergulha entre os destroços e se sente sobrecarregado, como se estivesse em um espaço sagrado, como se ao invés de estar dentro de um navio afundado estivesse entre as ruínas de uma catedral fantasmagórica sob as águas. Uma estranha luz zenital banha inesperadamente a cena, e Daniel, desnorteado, olha para o lugar de onde ela veio. O feixe de luz filtra através dos restos do que já foi o telhado, mas o que o surpreende não é isso, mas uma figura mergulhando em sua luminosidade, em direção a ele. Ele é um jovem que não consegue distinguir bem, mas sua figura lhe é muito familiar. Inexplicavelmente, ele não está usando nenhum equipamento de mergulho; nenhum terno, nenhum tanque de ar, nenhuma máscara... Quando ele está na sua frente, ele o reconhece imediatamente. Ele é Benjamin! Seu irmão sorri para ele e o convida a segui—lo. Os dois nadam juntos através dos destroços do barco, em águas que parecem ter se tornado de repente um esplêndido e luminoso azul. Daniel sente como se estivesse transbordando de alegria nadando ao lado de seu irmão, perseguindo um ao outro, como quando eles eram crianças e se enredaram nas ondas. Ele quer lhe perguntar onde esteve todos esses anos, mas debaixo d'água ele não pode fazer isso, embora isso agora também não importa. Agora eles estão juntos novamente e nadando felizes entre os peixes, sob aquela luz sobrenatural que parece tê—ló devolvido a ele. Mal me lembrei das feições do seu rosto, ou da sua expressão, mas agora que ele está vendo—o novamente, tendo—o à sua frente, as sombras que o cobriram durante todos esses anos estão desaparecendo, e seu sorriso está voltando. De seu pescoço pendura a pequena cruz ancorada que seu pai lhe deu, que balança suavemente em sua corrente com o movimento da água. Daniel acena ao seu irmão mais velho, quer vê—ló ao ar livre sob a luz do sol, para ter certeza de que não é um sonho. Mas Benjamin abana a cabeça e seu irmão percebe que algo está torcendo em seu gesto. Ele o olha estranhamente e, naquele momento, percebe que suas feições são as mesmas de vinte anos atrás, quando ele desapareceu. De repente ele sente uma dor aguda na parte de trás de sua mão esquerda. Ele a segura em sua outra mão enquanto percebe que, a poucos metros atrás de seu irmão, uma longa sombra desliza pelos destroços. Ele sinaliza para Benjamin e ele se vira, mas não vê nada. Então, sentindo o perigo, Daniel agarra seu irmão pelo pulso e o incita novamente a segui—ló até a superfície. Benjamin então olha com pesar para seu irmão mais novo e aponta a água negra atrás dele. Daniel vira—se e descobre que uma figura esbranquiçada como um fantasma envolto em escuridão se aproxima deles. Quando ele percebe o que é, ele perde o fôlego e solta um grito inaudível que vem de sua boca envolta em uma bolha. O pânico se instala como um esquilo de quatro metros que envolve os dois irmãos em um círculo mortal e começa a descrever órbitas sempre crescentes ao redor deles. Os olhos muito negros do tubarão contrastam com a brancura de suas mandíbulas armadas com várias fileiras de dentes afiados. Daniel não tem dúvidas de que o animal está pronto para atacar a qualquer momento e sabe que um único de seus dentes pode tirar uma perna em questão de segundos. Então algo ainda mais surpreendente acontece, o que faz seu sangue correr frio nas veias. A pele do tubarão vai aos poucos adquirindo um tom amarelo brilhante, que eventualmente se espalha por toda a sua anatomia. Benjamin então fica entre o tubarão e seu irmão, e faz gestos no tubarão para fugir, para escapar. Horrorizado, Daniel tenta tirar Benjamin da vista do tubarão, mas a dor em sua mão volta com um inédito — O céu se estende diante de seus olhos como se fosse uma enorme borboleta azul alada voando em direção à imensidão. As nuvens, brancas como recém lavadas, amontoadas no horizonte em nuvens de cúmulo inchado, adotando formas curiosas, que evoluíram com o capricho da intensidade. Ele está como que paralisado e sente uma força invisível puxando—o, arrastando—o para a superfície. Algo parece sacudir seus membros e ele ouve uma voz à distância chamando—o.

Daniel...

Ele estende os braços para o irmão e tenta se rebelar contra o que o separa dele, mas percebe que ele se levanta e se afasta pouco a pouco sem poder fazer nada a respeito. Ele mal vê seu irmão e a besta amarela que o cerca se movem. A estranha força continua a puxá—ló como um fantoche mestre. Ele ouve alguém chamar seu nome novamente.

Ele se sente cada vez mais confuso ao se aproximar da superfície, e a luz que brilha fortemente sobre a água começa a deslumbrá-lo... Ele percebe que algo está tentando afasta—ló do lugar onde ele está e ouve a mesma voz chamando—o de novo.

Daniel...

Ele então percebe que está carregando um pacote com ele, um pacote que surgiu com ele das profundezas escuras do abismo. Estranho e assaltado por um mau pressentimento, ele o abre momentos antes de deixar aquele universo líquido para voltar para o exterior de onde veio. Um horror indescritível toma conta dele quando descobre dentro da embalagem a cabeça arrancada de seu irmão que o observa com um olhar exorbitante, mas sem vida. As águas ao seu redor lentamente ficam vermelhas, enquanto um último impulso o traz à superfície, e ele pode finalmente gritar. Os olhos dele se abrem e ele se levanta abruptamente, ofegante,

tentando descobrir onde ele está.

— Finalmente você está de volta. —Ele ouve a voz que tinha pronunciado seu nome à distância.

—O que... quem... —os gaguejadores, enquanto ele tenta fazer a figura embaçada na sua frente.

—Que lugar estranho você escolheu para tirar uma soneca!

Pouco a pouco a imagem vai ficando em foco e ele consegue perceber claramente como é a pessoa que fala com ele. Ele está olhando para ele entre preocupado e engraçado. Daniel olha nos olhos dela e imediatamente reconhece os fantásticos reflexos opalinos ao redor de suas pupilas.

CAPÍTULO 5

Daniel se sentou no chão e segurou sua cabeça em ambas as mãos. Ele sentiu o sangue fluir para seus templos e cada batida era como um martelo batendo neles. Sua jaqueta e suas calças estavam cobertas de pó e tudo estava girando. Ele inspirou e inclinou o pescoço para trás, girando—o suavemente, deixando o ar chegar ao seu rosto enquanto tentava se posicionar. As imagens lentamente começaram a desfilar através de sua cabeça dolorida, e ele tomou consciência de onde estava e o que havia acontecido. O cara no caminhão—tanque...

—Merda...

—Você não tem muita coisa para acordar, tem? — Ele olhou para Camila em confusão.

—Desculpe", ele se desculpou... Eu não estava atrás de você...

—espero que sim", respondeu Camila, sorrindo e segurando uma garrafa de água. O que aconteceu com você?

Daniel agradeceu a ela pela água e tomou uma longa bebida que agradavelmente refrescou a garganta dele. Ele olhou para a menina por um tempo em silêncio. Embora estivesse em sofrimento, não pôde deixar de ser seduzido por aquela motociclista. Não só por causa da beleza dos olhos dela, mas também por causa de sua personalidade. Eles mal tinham falado e pareciam ter descoberto mais sobre ele do que algumas pessoas com quem ele se relacionava há muito tempo. "Eu acho que você é um solitário", ele havia dito a ela. Olhando para ela agora ele a encontrou como uma mulher enigmática; ela também parecia ter algo sob a superfície.

—Comeu finalmente a vaca? — perguntou ele, devolvendo a garrafa de água.

—Sim, foi muito bom! —Camila riu de coração. Se eu soubesse que te encontraria, teria te trazido um bom bife.

—Eu acho que poderia ter feito com ele", riu ele.

O que você está fazendo aqui?

—O que você acha? Eu estava te procurando, estranho — respondeu ela com um sorriso malicioso.

—Bem, você me encontrou — disse Daniel, levantando-se e sacudindo o pó da roupa. Não, realmente...

—Eu nunca estive tão sério", disse ela sem perder o sorriso. Parecia diverti—la para manter o mistério. É você quem não respondeu à minha pergunta.

—Que pergunta? —disse ele, indo para onde tinha escondido sua motocicleta. Camila foi atrás dele. Quando Daniel viu sua meia—noite intacta nos arbustos, respirou um suspiro de alívio.

—lhe perguntei o que tinha acontecido com você. Porque algo aconteceu com você, não é mesmo? Eu não acho que você estava dormindo uma soneca...

Desta vez foi ele quem sorriu. Ele gostou daquela garota. Mas eu não achei certo contar—lhe a história agora. Afinal de contas, ele não a conhecia de jeito nenhum. Além disso, não fazia sentido que ela estivesse ali por acaso, naquela estrada onde não passava uma única alma. Ele decidiu inventar uma desculpa.

—Acho que fui assaltado. Eu parei para... descansar por um tempo. E eu devo ter sido atingido por algo, não me lembro bem...

—agora...

Daniel percebeu pelo olhar da garota que ele tinha acabado de oferecer a desculpa mais estúpida da história.

—E eles levaram um monte de coisas? —Mmm—hmm. —Ele perguntou num tom que parecia detectar uma certa ironia.

—Ele disse algo perturbado enquanto sentia os bolsos.

"A caixa!", de repente ele pensou. Ele correu para o banco de sua Yamaha e a abriu, temendo que o homem do caminhão pudesse tê—la levado. Seus medos eram infundados, ela estava lá no mesmo lugar em que ele a havia deixado. Na verdade, se, como ela suspeitava, esse indivíduo tivesse sido o mesmo homem que entregou o pacote, não valia a pena levá—ló agora. Embora ele estivesse aliviado por a caixa ainda lá estar, sua imagem trouxe de volta automaticamente sua inquietação e mau humor.

—O diabo ainda está trancado lá dentro?

Daniel imediatamente fechou a mala. Ele não queria falar com ela sobre a caixa.

—Mas eu acho que... Ele sentiu seus bolsos novamente, e ao fazê—ló, lembrou—se que havia perdido o Zippo de seu irmão. Isso poderia ser uma boa desculpa para desviar a atenção da caixa. Meu isqueiro foi roubado!

Camila estreitou seus lindos olhos e olhou para ele como se o estivesse escaneando.

Ela deu a impressão de que não acreditava numa única palavra.

—Mmm... — E foi muito caro?

—Não mesmo. Mas eu gostava muito dele. Ele era um daqueles benzina Zippos à moda antiga. Ele estava comigo há anos", ele disse, com profundo pesar, quando pegou um cigarro do seu maço e o colocou na boca. Você não vai ter lume, certo?

—Uma semelhante a esta? —assomou Camila, enquanto tirava um isqueiro de metal do bolso do casaco, no qual Daniel imediatamente reconheceu seu Zippo.

—Realmente? — exclamou com incredulidade. Onde você conseguiu isso?

—Não estou mentindo. Eu disse que viria à sua procura, ela disse enquanto lhe oferecia um isqueiro. Quando você saiu, eu fiquei e falei com a Clarita? Você sabe... Eu te como; eu não te como...

—Daniel sorriu enquanto ele acendia o cigarro e respirava fundo. Felizmente, parecia que a dor de cabeça estava começando a evaporar. Depois de um tempo eu notei que algo estava brilhando no chão. Quando vi o que era, subi na bicicleta e saí em busca de você.

—Vocês tinham razão que nos encontraríamos novamente.

—Sim, sou muito intuitiva", respondeu ela, olhando para a superfície cromada do isqueiro. "O que significa esta carta? Alguma namorada?

—Com ciúmes?

Logo depois que eu disse isso, Daniel se arrependeu.

Que diabos ele estava pensando? Ele não conhecia aquela garota de jeito nenhum. Ele a viu corar e não desgostou. Embora ele adorasse a facilidade com que Camila parecia se mover pelo mundo, ele sentiu um certo prazer em vê—la perder um pouco sua autoconfiança naquela situação. Em todo caso, ele teve que dizer algo imediatamente para consertar seu erro. O problema era que ela não conseguia pensar em nada.

—Para dizer a verdade, um pouco", respondeu Camila, recuperando rapidamente sua postura e olhando para ele com um sorriso desafiador.

Então foi ele quem ficou perturbado por alguns momentos.

—É B de Benjamin, meu irmão", disse ele rapidamente para se livrar de problemas. Então ele pensou que deveria ter dito algo sobre o comentário dela em vez disso. Ele nunca havia sido intimidado por garotas antes. O que estava errado com ele? Ele estava se comportando muito desajeitado. Foi o golpe na cabeça? Ou será que foi aquela garota em particular?

—E isto? —Camila apontou para uma pequena cruz que havia sido gravada ao lado de suas iniciais no isqueiro.

—É uma cruz ancorada", disse Daniel pensando bem, tirando o isqueiro das mãos da garota. Era o crachá dela. Uma espécie de símbolo que ele gostava de usar.

—Foi...?

—Bem, Benjamin... —Morreu.

—Desculpe', disse ela, visivelmente chateada. Eu não deveria ter perguntado...

Daniel percebeu a palavra que tinha acabado de pronunciar. Ele morreu. Foi a primeira vez que ele a verbalizou. Que ele assumiu que seu irmão estava morto. Uma pontada de dor agarrou o peito dele. Ele não deveria ter dito isso. Ela deveria ter dito a verdade, que ele tinha desaparecido num acidente, que você realmente não sabia se ele estava vivo ou

morto. Ao elaborar esses pensamentos, ele achou a ideia de seu irmão estar vivo mais implausível, mais ridícula. Em todo caso, ele não tinha vontade de falar sobre isso, de explicar.

—Como me encontrou? — perguntou ele, colocando o isqueiro no bolso e tentando não deixá—la ver o malestar no rosto dele. Aquela garota parecia ter um sexto sentido para ler rostos.

—Não foi fácil, você não acha? Eu vi você sair em direção ao oeste e segui por esse mesmo caminho. Eu perguntei a todos que podia. A verdade é que uma moto como a sua não passa despercebida.

Daniel sentiu um formigamento de prazer quando ouviu aquelas palavras. Ele estava orgulhoso de sua moto, e alguém que elogiou sua garota já tinha ganho metade dela. Esse comentário até fez com que as sombras que haviam começado a se formar há um momento em sua mente se dissolvessem. Ele definitivamente gostou daquela motociclista.

—O mais difícil foi encontre-a neste lugar abandonado.

Que diabos você perdeu por aqui? Um cara sortudo no caminhão...

Todos os músculos do Daniel se contraíram quando ele ouviu isso.

—Que caminhonete?

Um tanque vai adorar. Ele deixou a mesma estrada enquanto eu dirigia na estrada secundária em que termina.

—Como ele era?

—Não sei... —amarelo, grande...

—Não, quero dizer... —o motorista.

—Não o vi bem... —Castanho, com bigode... Ele estava usando óculos escuros e um jockey preto parecido com os jogadores de basquete, com uma viseira larga com padrões de texto... —Por quê?

"Traços bem comuns", pensou Daniel. Logo ele não conseguia pensar em ninguém próximo a ele que se encaixasse nessa descrição. Mas a verdade é que poderia ser qualquer um.

—Curiosidade", pensou Daniel. Eu encontrei um caminhão e queria saber se era o mesmo?

—Não teria nada a ver com aquele cara que te atacou, teria? —Não.

— perguntou ela, sondando—o com os olhos.

"Aquela mulher era muito esperta", pensou Daniel. Não só porque ela podia ler na alma das pessoas, mas porque parecia ser boa em investigar e tirar conclusões. Bastava olhar para como ela tinha conseguido encontre-o. Se ele quisesse guardar seu segredo, teria que ter cuidado.

—convido—o a comer! —foi a primeira coisa que ele disse para se livrar da geleia.

CAPÍTULO 6

Camila e Daniel comeram no bar à beira da estrada de um posto de gasolina, decorado com elementos nativos da cultura Mapuche e repleto de prateleiras cheias de chocolates, revistas e inúmeros outros produtos, mais ou menos inúteis, que normalmente são encontrados neste tipo de estabelecimento. A comida não era ruim, embora um pouco gordurosa, e Daniel achava que conseguia detectar o sabor de alguns outros fritos cozidos no mesmo óleo do seu bife. Eles poderiam ter escolhido qualquer outro lugar, mas Camila disse que tinha fome de lobo, e eles foram ao primeiro lugar que encontraram.

—Ninguém diria que você apenas devorou uma vaca", brincou Daniel enquanto assistia Camila despachar sua empanada.

A conversa foi muito agradável e, embora não tenham ido para a arena pessoal, a cumplicidade que havia sido estabelecida entre os dois em seu primeiro encontro foi imediatamente confirmada. Eles pareciam ter muitas coisas em comum; entre eles, um senso de humor. E, segundo a intuição de Daniel, um conflito interno que pairava vagamente, um segredo ou uma tristeza íntima que nenhum dos dois queria compartilhar com o outro. Mas o que Camila escondia atrás de seus belos olhos não era relevante na época. Eles comiam, riam e torravam com cerveja. O tempo passou rápido e Daniel nunca mais pensou no misterioso pacote ou no motorista do caminhão amarelo. Ele já nem sequer tinha dor de cabeça. Era como se aquela garota tivesse a virtude de fazer o negativo se dissolver como uma aspirina em um copo de água.

Eles estavam sentados ao lado de uma grande janela que se abria para a monótona, mas bela paisagem da estrada, através da qual podiam ver o ir e vir dos veículos como se estivessem na tela panorâmica de um cinema. Como não poderia ser de outra forma entre os motoqueiros, a conversa logo se voltou para o mundo das duas rodas. Ambos concordaram que o que tinham com a estrada era mais do que um hobby, que era uma relação muito especial, quase como uma droga, quase como sexo.

—Acontece comigo como diz a música", disse Camila, "quando a estrada vira, eu me deixo ir".

Daniel se sentiu totalmente identificado com aquelas palavras, e assim ele deixou a garota saber".

—Devia ser o nosso hino", propôs ele.

—Done! —concordou.

Ele se sentiu muito bem com aquela garota, mas não tinha certeza de quais eram seus sentimentos por ela. Ele tinha acabado de conhecê—la, e parecia que eles já eram amigos há muito tempo. Em sua experiência de vida ele sabia que esse tipo de entendimento natural poderia acontecer, embora muito raramente, então ele estava até feliz por ter ido àquele bar naquela manhã para procurar o maldito pacote, porque se não tivesse ido, ele não a teria conhecido. À medida que se tornaram mais íntimos, ele se tornou mais atraído fisicamente por ela. Ela não era uma beleza deslumbrante, mas tinha um corpo bonito, bem proporcionado, seios inchados e bem formados, e um pescoço que convidava ao beijo. Mas, acima de tudo, o rosto dela abriu aqueles olhos marinhos, exóticos e insondáveis como o próprio oceano, que, como o mar, parecia guardar algum segredo em suas profundezas. Ele definitivamente gostaria de beija—la. Mas ele não sabia se tinha vontade de começar um relacionamento com alguém naqueles momentos de sua vida. Na verdade, ele pensou, ele não sabia se ela era compatível ou não. Essa ideia momentaneamente turvou seu humor, mas ele a adiou imediatamente. Ele queria curtir a companhia de seu novo amigo e aqueles momentos, que, ele percebeu, foram os primeiros com os quais ele se sentiu realmente confortável em muito tempo. Especificamente, desde que recebeu o primeiro dos estranhos pacotes.

Eles falavam e falavam. Sobretudo sobre motocicletas. Quando terminaram de comer, pediram um par de máquinas de café como mera desculpa para continuar falando, e até Camila ousou fumar um cigarro. A conversa continuou e ambos concordaram que uma vez que a estrada te pegue, ela não te deixa mais ir. Tentaram descrever um ao outro o que sentiam pelas motos, o que as prendia naquele inexplicável, mas poderoso caminho para aquele mundo, mas às vezes não conseguiam encontrar as palavras.

Não importava, ambos sabiam perfeitamente o que era, sem dizer nada. Para sentir a velocidade, para sentir como as glândulas secretam a adrenalina em seu corpo, assim como a benzina é injetada nos cilindros de sua moto, para caber perfeitamente na estrada e se deixar levar, como diz a canção... Deixe—se levar. Sim, talvez essa tenha sido a melhor maneira de definir isso. Algo que você não poderia fazer em nenhum outro lugar, no seu dia—a—dia. A moto significou aventura, liberdade, encontrar amigos, velocidade. Um número infinito de sensações que — ambas coincidiram — ninguém que não fosse motociclista poderia entender. Qualquer um podia entrar no mundo da motocicleta, desde que pudesse comprar uma, claro; mas nem todos eram seduzidos, nem todos nasciam para isso. Apenas uns poucos escolhidos se deixaram levar, abandonaram—se tanto, que acabaram sendo inevitavelmente apanhados. Era como se pertencessem a uma raça diferente, a um tipo de gente não conformista que de alguma maneira inexplicável não se encaixava no molde em que a vida os tinha encaixado e precisava sair, para se livrar daquele último vital ao qual outros pareciam adaptar—se perfeitamente. E o instrumento de liberação foi a motocicleta. Os membros daquela corrida, à qual Camila e Daniel sem dúvida pertenciam, acabavam sempre se encontrando e reconhecendo um ao outro como iguais. E, invariavelmente, o lugar onde acabavam se encontrando era o mesmo lugar onde haviam se encontrado: a estrada.

—Muitas pessoas me dizem que uma motocicleta é um caixão com dois

Por que eu arrisco", disse ela, brincando com a ondulação do dedo em um de seus cabelos? Dizem que sou uma louca, que desafio a morte...

—Mas você não é uma louca, é? — perguntou ele, "e ela estava sensualmente entrelaçando os cabelos".

—O que você acha?

—Mmm... —Ele se esguichou, olhando para ela e fingindo ser interessante. Eu diria que sim.

Ela lhe deu um soco no ombro com um pequeno soco, franzindo o sobrolho como uma menina amuada faria.

—Você vai ficar...!

—Hey! —Hey! —Daniel tentou se defender, levantando as palmas das mãos em paz. Você não é uma louca perigosa, é?

—Quem sabe", ela o desafiou com um olhar malicioso e um sorriso, "então tenha cuidado".

—Não, realmente", disse ele, "o que você diz para aqueles que lhe perguntam por que está arriscando sua vida?

Ela parou de sorrir por um momento, curvou a cabeça e olhou para ele silenciosamente. Pareceu a Daniel que ele gostaria que aquele momento, justamente aquele entre todos os outros, parasse como um instantâneo fotográfico, no qual ele pudesse ver indefinidamente como aqueles dois olhos o contemplavam.

—Eu lhe digo, quem diabos quer viver para sempre?

Daniel não conseguia deixar de rir. Camila estava certa. Quem diabos iria querer viver sem realmente sentir a vida, sem que ela fluísse intensamente pelas veias deles, a cada minuto, a cada segundo, oferecendo a eles a gasolina que lhes permite continuar?

—Eu acho que o que eu mais gosto na moto é que ela me tira deste mundo louco e me permite ficar longe dela", ela disse de repente. A voz dela tinha tomado uma tonalidade melancólica, quase imperceptível. Sim, eu tenho que voltar algum dia, mas sou sempre eu quem decide quando.

—É o mesmo para mim", concordou Daniel. Essa sensação de poder ir aonde você quiser, quando quiser.

—Exatamente. Sem ter que se explicar para ninguém.

Então uma ideia lhe passou pela cabeça, o que a princípio parecia um pouco absurdo, mas ele resolveu coloque sobre a mesa:

—Ei, por que não vamos a algum lugar, correr em nossas motocicletas?

—Quando? —Agora?

—Por que não?

—E aonde você gostaria de ir? —Não sei.

—Não sei... —Pucon?

—Simplesmente assim? Isso é um pouco mais de 300 milhas de onde estamos...

—Ah, eu vejo que você está desistindo", disse ele, desafiando—a com os olhos.
—Eu desisto? —Está indignada.
—Se você prefere voltar para aquele mundo louco...
—Suspirou com um olhar de resignação.
—Ele respondeu, levantando a sobrancelha em uma expressão que parecia indicar que ela estava pegando a luva: Que se foda esse mundo louco!

CAPÍTULO 7

Eles andaram toda a tarde em suas duas motocicletas. A de Camila era menor, uma Suzuki GS, mas parecia ter se adaptado a ela como uma luva e era elegante e rápida. Ela andava pela estrada como se ao invés de rolar estivesse acariciando a estrada, e parecia para Daniel que a garota estava completamente transformada ao pilotar sua motocicleta, como se fosse uma índia Mapuche pilotando sua montaria através das terras virgens de seus ancestrais. Eles decidiram se revezar à frente da marcha, e o fizeram durante toda a viagem. O calor tinha diminuído bastante e não havia muito trânsito, então a viagem foi muito agradável. Durante a maior parte do percurso as montanhas da Cordilheira dos Andes os acompanhavam, majestosos e distantes, como guardas silenciosos observando sua corrida desde o lado leste da estrada. A paisagem corria na esteira deles como os quadros de um filme fantástico, e Daniel gostou quando teve Camila à sua frente, vendo a elegância e a precisão com que ela se inclinava para pegar as curvas. Ele estava usando uma jaqueta azul—marinho com a bandeira Mapuche costurada nas costas e seu cabelo, que aparecia sob o capacete, acenava ao vento. Viajar com ela o fez reviver os tempos em que ele era mais jovem e fazia esse tipo de loucura, quando ele tinha um mundo inteiro para explorar e não pensava duas vezes em ir embora. Na metade do caminho, eles passaram por um grupo de jovens motoqueiros em bicicletas menores, que os cumprimentaram com chifres e levantaram as mãos. Daniel ficou satisfeito com o gesto fraternal daqueles cachorros motoqueiros e tinha certeza de que Camila também o tinha feito sorrir. No restaurante, durante a refeição, ela lhe havia dito que andar de motocicleta era algo tão mágico e especial quanto tocar um instrumento, e agora que ele a via diante dele, parecia que, de fato, a cada gesto, a cada quilômetro que ele andava, ele estava rasgando a corda de um violão ou apertando as teclas de um piano. De alguma forma isso era verdade, como não lhe teria ocorrido antes? Cada vez que você andava de moto você podia ouvir a música da estrada, e eles estavam compondo juntos uma bela melodia no asfalto.

Eles chegaram em Pucon quando os raios do sol começaram a

declínio. Estacionaram suas bicicletas no centro da cidade e procuraram um lugar para ficar. Não demorou muito para eles descobrirem um pequeno albergue encantador. Sua fachada de madeira e o telhado de telhas de terracota acabados por pequenos sótãos os lembrou de um pequeno hotel que poderia ser encontrado em uma cidade termal suíça. Camila se apaixonou pelo lugar imediatamente e decidiu ficar.

—Separada", ela se apressou em responder quando o gerente perguntou se eles queriam o quarto com uma cama de casal.

Embora ela soubesse que era a coisa certa a fazer, já que eles não tinham falado sobre isso e não havia motivo em princípio para dois estranhos perfeitos dividirem a cama, ela sentiu um leve desconforto por causa da resposta rápida da garota, embora ela não tenha deixado seus sentimentos irem para fora. Decidiu rejeitar aquele travo amargo que tentava assentar em sua mente. Na realidade, não valia a pena estragar nada naquele dia, que até então havia sido perfeitamente desenvolvido para ele. Pensando nisso, ele percebeu que, na verdade, não tinha sido assim. O dia tinha começado mal, com o recebimento do quarto pacote e das misteriosas fotos que alguém havia tirado dele sem o seu consentimento durante anos. Depois piorou cada vez mais com a caça ao maldito caminhão amarelo, e piorou ainda mais quando o maldito o deixou inconsciente. Mas o estranho de tudo isso foi que, quando ele pensou naquele dia como "perfeito", ele havia esquecido completamente aqueles detalhes. É como se aquela viagem pela região central do Chile, aquela melodia que ele e Camila haviam tocado juntos, o tivesse afastado de todos aqueles acontecimentos, que agora lhe pareciam muito distantes. Era como se as motocicletas, a estrada e Camila fossem como um remédio que aos poucos fechava sua ferida, acalmando sua dor pouco a pouco, até praticamente desaparecer. O petroleiro amarelo, a caixa, as fotografias... tudo aquilo que pertencia àquele "mundo louco" que eles tinham abandonado. Com aquela viagem eles tinham se soltado, como dizia sua canção. E agora eles não deixavam nada, nem ninguém estragar isso para eles.

Eles foram para o quarto para descansar e se refrescar um pouco da viagem, mas não demoraram dez minutos para descer novamente. Agora era Daniel que estava com fome de lobo, embora Camila não estivesse muito atrás, então eles decidiram ir em busca de algum lugar por perto para assentar o estômago deles. Os últimos raios da tarde banharam as pequenas ruas de Pucón com uma luz suave, quase irreal, que dourou os cabelos de Camila, e escorregou pela testa até cair sobre seus olhos, colorindo—os em tons completamente diferentes daqueles que Daniel havia visto até aquele momento. Ele ficava constantemente maravilhado com esse fenômeno desconcertante e pensava que, como a motocicleta rolando pela estrada, as írises de Camila pareciam estar quebrando diferentes notas musicais, pois a qualidade da luz que chegava até elas variava. Uma brisa fresca vinha do lago e as envolvia delicadamente, e Daniel inalou com força para encher seus pulmões com o ar limpo daquele lugar. Embora adorasse o cheiro de gasolina e asfalto, ele gostava da natureza e deixava aquele ambiente puro, levemente tingido pelo cheiro de madeira queimando em alguma cozinha próxima, penetrar lentamente em seus brônquios e oxigenar seu corpo.

Jantaram em um lugar agradável e riram novamente e conversaram sobre motocicletas e qualquer outra coisa que pousasse na conversa. Era como se tivessem um milhão de coisas para contar um ao outro, mas ao fazer isso tinham cuidado para não entrar em território íntimo demais, como se ambos tivessem fixado tacitamente um limite que nenhum deles ousasse ou quisesse atravessar. Isso não os impediu de desfrutar da companhia um do outro e de um delicioso jantar, muito melhor do que a comida gordurosa da casa da estrada. Ao final, ignorando os setecentos quilômetros que haviam carregado, decidiram ir e continuar a noite em um bar perto do Lago Villarrica.

—Este lugar parece legal", disse Daniel ao passar por um lugar onde tocava uma velha canção do Dire Straits que parecia convida—los a entrar.

Eles gostaram do interior do bar e foram até o fundo para procurar um lugar para sentar-se. Enquanto passavam pela mesa onde um grupo de garotos tomava algumas bebidas, um deles os chamou:

—Ei! — Não foram vocês que passaram por nós há algumas horas na estrada?

—Talvez", respondeu Daniel de forma divertida, "nós ultrapassamos muita gente".

—Por que vocês acham que fomos nós? —Quero saber, Camila.

—Disse o garoto: "Esse casaco que você está vestindo. "—É difícil esquecer!

Daniel e Camila riram, e ele reconheceu neles o grupo de motoqueiros que os havia recebido na estrada com a buzina. Os meninos os convidaram para sentar-se com eles, e embora ele pudesse ter gostado de uma noite mais íntima, aceitou o convite com prazer; foi sempre bom ter uma conversa com a nova geração de motoqueiros. Camila também concordou, e eles se sentaram com eles.

—Ousam ousar ter um Jägermeister com Red Bull?

—asked Maya, uma loira deslumbrante que já estava um pouco bêbada.

—É melhor eu pegar uma cerveja", disse Daniel, pensando na ressaca no dia seguinte.

—Wow", comentou Camila ironicamente, "agora você é quem quer voltar para a porra do 'mundo louco'".

Daniel olhou para ela de surpresa e começou a rir. Então, ele estava devolvendo a ela o desafio que lhe havia dado pela manhã. Bem, se ela tivesse aceitado sem pestanejar e tivesse viajado metade do país com ele, ele não ia ser menos.

—Queria ficar na porra do mundo são.

—jogou, "mas eu não enrugo. Você vai ver que eu posso durar mais que você. Vamos lá, esses Jägermeister!

Todos eles riram e brindaram quando o barman trouxe as bebidas. Daniel pensou que um tipo de código tinha sido estabelecido entre os dois. Havia um mundo preto e branco, chato, cinza, monótono, que era aquele "mundo maluco". O mundo da vida cotidiana, das pessoas normais, cinzentas. Um mundo ao qual se tinha que voltar de tempos em tempos, porque a realidade era assim e acabou se impondo, e até aquela estranha raça especial que os motoqueiros eram, exigia sua homenagem. Sim, era um lugar onde se tinha que voltar, mas onde não se tinha que ficar muito tempo, para não perder a sanidade. E depois havia o mundo da motocicleta, que era um mundo de cor, de aventura, de liberdade, de paixão. O primeiro era realmente um mundo de loucos, porque era preciso ser louco ou cego para fazer o que a maioria das pessoas fazia, ficar preso nas prisões onde a sociedade, suas famílias ou eles mesmos os tinham colocado. E ao invés de derrubar aquelas prisões com um pontapé, com os punhos até que seus nós dos dedos fossem esfolados, eles os reforçaram com sua submissão, com seu silêncio, com sua renúncia, acrescentando dia após dia, semana após semana, tijolos de arrependimento e miséria às suas vidas vazias. Um Jägermeister levou a outro. A potente mistura de licor e bebida energética renovou a força de seus corpos algo exaustos, e eles foram revigorados como os tanques de suas motocicletas quando foram reabastecidos. Os membros desse grupo de rapazes eram um pouco mais jovens do que eles, nenhum deles tinha mais de vinte e dois ou vinte e três anos. Havia quatro meninas e três meninos. Eles nunca tinham ido a Pucon e tinham ido de férias para lá. Jacko, o motociclista que os tinha reconhecido, um cara bonito e bonito que parecia o capitão de um time de futebol de um filme gringo e tinha os dentes um pouco tortos, contou—lhes uma lenda que tinha lido no guia de viagem.

—Dizem que o espírito de Tupaq, um chefe Mapuche, vive no fundo do lago", disse ele, acrescentando um ar de mistério a cada uma de suas palavras. Ele espera que um dia Rucapillán, o deus do vulcão, devolva a mulher que o levou como castigo por uma desobediência. Ela é uma princesa Mapuche de incrível beleza, e o vulcão a quer para ele. Às vezes, ela tenta escapar... — Em um gole ela esvazia o resto de seu Jägermeister, como se estivesse ganhando forças para continuar com sua história, e depois teatralmente poupa uma pequena pausa para melhor captar a atenção da plateia. Daniel se divertiu com a forma como tentou adotar um ar enigmático, provavelmente para impressionar as meninas. Quando isso acontece", continuou ele, "Rucapillán fica com raiva e irrompe". Do fundo do lago, o índio vê as expulsões da montanha furiosa e sabe que sua amada foi descoberta novamente.

—É uma lenda muito triste", disse Camila, "separada por um espaço tão incrível como este, e os dois estão enterrados sem poder vê—ló, um sob as águas e outro nas entranhas da rocha". Qual é o nome dela?

—Ailin", disse Jacko, satisfeito com o interesse em sua história.

—Ailin", repetiu Camila com um toque de tristeza em sua voz.

Daniel ficou cativado com a mudança de personalidade de seu companheiro de viagem. Em um momento ela era a corajosa e selvagem motoqueira, e no momento seguinte era uma garota sensível e com um olhar melancólico. De certa forma, ela o lembrava um pouco de si mesma.

—Mas isso não é o fim da história", continuou Jacko, acrescentando um tom um pouco escuro à sua voz.

—Sim? Conte! Conte! —diz a Vera, uma ruiva sardenta que ouviu a história cheia de emoção. O álcool circulando nos corpos dos presentes ajudou a tornar a história cada vez mais intrigante.

—Os anos debaixo da superfície das águas do lago perturbaram o índio Mapuche, e dizem que nas noites de lua cheia é melhor não se banhar no lago, porque... Tupaq vem para se vingar do vulcão, reclamando uma vítima...

—Que Tupaq é louco! —Rio Maya com uma vingança.

Eles continuaram conversando por um tempo até o bar fechar, e então Vera sugeriu comprar uma garrafa de Jägermeister e alguns Red Bulls para ir beber na beira do lago.

—Felizmente, vemos o Tupaq! —Camila brincou.

A possibilidade de ver o Mapuche não era tão remota, pois naquela noite uma lua muito branca, tão redonda quanto um queijo, estava pendurada no céu claro de Pucón. O lago se espalhava imponente diante dos seus olhos e, seduzidos pela magia do momento, as crianças bordejavam um trecho de sua margem até chegar ao flanco norte, em uma margem remota cercada de coníferas, de onde podiam ter uma boa perspectiva do vulcão. A montanha subia majestosamente diante deles e sua beleza perturbadora se refletia nas águas do lago, como um temível aviso ao infeliz Tupaq. Acima do vulcão, a lua cheia lançava sua luz sobre a superfície das águas, enchendo—as de infinitos reflexos prateados.

—Vamos dar um mergulho! —proposto Jacko, tirando a camisa de forma desajeitada. O álcool atrapalhou seus movimentos, mas o fez querer se divertir um pouco.

—E se perturbarmos Tupaq? —Rio Maya, imitando o menino e tirando a roupa também.

—Que se foda o Tupaq! —Deixou o Jacko, enquanto corria de roupa íntima para a água.

Camila olhou para Daniel, e ele respondeu com um sorriso de conhecimento. Sem pensar duas vezes, os dois também ficaram de roupa íntima, e após alguns momentos o grupo de amigos nadou sob as estrelas nas águas quentes do lago. Daniel pegou Camila em seus braços e atirou—a para a frente, e ela gritou em divertimento enquanto mergulhava com o impulso, espirrando os outros. A temperatura da água era magnífica, e uma brisa suave descia do lado do vulcão acariciando seus corpos molhados. Daniel viu Camila se movimentar livremente na água e ficou animado ao ver as gotas caírem sobre seus seios nus e iluminados pela lua. Então ele sentiu de repente a dor nas costas da mão novamente. A maldita mordida da aranha parecia não ter cicatrizado em nada.

—O que você tem aí? —assimou Camila, estendendo a mão para ele.

—Não é nada", disse Daniel, puxando o cabelo que lhe tinha escorregado do rosto.

—Eu olhei para ele enquanto estávamos comendo esta manhã. Não parece muito bom.

—Você, por outro lado, provocou—o.

Ela dobrou o rosto flertando e olhou para ele sem dizer nada. A pálida luz da noite transformou novamente a íris dos olhos dela, dando—lhes uma tonalidade lunar. Atrás dela, o enorme vulcão parecia encorajar Daniel a dar mais um passo.

—Se você ficar aqui tempo suficiente, acho que Rucapillán vai deixar a princesa ir e te pegar", ele ousou dizer, interpretando o silêncio dela como um convite.

Daniel tinha a impressão de que suas palavras estavam tendo o efeito contrário no humor de Camila àquele que eles procuravam, pois a alegria em seu rosto parecia se transformar em uma tristeza repentina, semelhante à que ela mostrou no bar quando ouviu a história de Tupaq e sua princesa.

—Um pouco piroso? — perguntou Daniel, um pouco perturbado.

Ela ficou em silêncio por alguns momentos. Depois ele respondeu distante:

—Sim, muito mesmo.

Daniel pegou—a pela mão e a olhou fixamente.

—eu... —disse ela com uma voz trêmula, olhando para longe. "Você deve saber que... Eu nunca vou te beijar...

Daniel ficou perplexo. O que isso significava? Ele se afastou um pouco dela, como se precisasse de algum espaço para entender, mas não parou de olhar para ela, confuso, como um idiota, sem saber o que fazer ou o que dizer. Ele não entendeu nada. Ele não tinha pedido um beijo para ela. Mas, acima de tudo, não entendia como aquelas palavras absurdas poderiam tê—la magoado tanto. Eu não conhecia essa garota de jeito nenhum. E ele parecia conhecê—la cada vez menos. Ela olhou para ele novamente e quando percebeu o efeito que o que ela acabara de dizer tinha tido, seu olhar mudou novamente, embora a tristeza permanecesse nela. Então, como se ela mesma não soubesse o que estava fazendo, como se uma mola a movesse involuntariamente, ela aproximou seus lábios dos dele e os colocou minimamente sobre eles, como se tivesse medo de ser rejeitada. Daniel se sentiu tremer ao toque dela, como um adolescente no primeiro beijo. Mas ele não era um adolescente, era um adulto, e permitiu que sua língua entrasse na boca dela e descobrisse seu sabor. Ela, negando as palavras que ele acabara de pronunciar, deixou—se invadir pela língua dele e aproveitou a viagem, enquanto ele se juntava ao corpo dela, deixando—se ir, como dizia a canção. Daniel notou como seu corpo respondeu ao contato dela, endurecendo—se debaixo d'água, e a tomou em seus braços, atraindo—a contra ele. Então ele a segurou pela parte de trás do pescoço dela e gentilmente acariciou suas costas enquanto continuava a beijá—la, perdendo a noção de onde ele estava, deixando as palavras incompreensíveis da garota desaparecerem no passado, esvaziando sua mente de quaisquer outros pensamentos, enredando sua consciência nas costas da máquina do motociclista, nos seios dela, na boca dela, como se suas mãos e lábios precisassem se soltar.

Os dois são capazes de se concentrar em tudo mais, como se precisassem concentrar todos os sentidos no ato de pilotar seu corpo, assim como faziam quando andavam de moto na estrada.

Mas, em poucos momentos, tudo isso se transformou em loucura. Eles ouviram um rugido ensurdecedor que os deixou paralisados. Era o rugido da montanha, como se a princesa Mapuche tivesse tentado escapar mais uma vez, enfurecendo a Ruca—Piptan. Todos viraram o olhar para o som escaldante que vinha da boca do deus, que em poucos segundos iluminou o céu noturno com um brilhante laranja avermelhado. Como um mau presságio, a lua parecia estar manchada de sangue, e Camila segurava Daniel firmemente em seus braços, esmagada pela visão da coluna de lava subindo como uma língua resplandecente que queria lamber o céu. O topo da montanha brilhou com a erupção e uma vasta massa de fumaça e cinzas subiu como um manto colossal cobrindo as estrelas até desaparecer nas sombras.

—São os Deuses Mapuche...". disse Camila, afastando—se dele como se estivesse hipnotizado pela fúria da natureza. "São os Deuses que buscam vingança...

—O que quer dizer? — perguntou, surpresa.

—É a ferida... O vulcão sangra da cratera sua dor... e sua fúria...

Daniel não entendeu essas palavras, mas ele a atraiu até ele e a abraçou. Ela descansou seu rosto no ombro dele e se deixou proteger em estado de choque. O ciclista levantou os olhos para as chamas furiosas que Rucapillán estava cuspindo de sua boca, e ele não podia deixar de tremer ao pensar nas palavras que Camila havia acabado de pronunciar.

Eles são os deuses que buscam vingança.

CAPÍTULO 8

Seria por volta do meio—dia quando Daniel abriu os olhos. Ele não estava bem certo de onde estava e preguiçosamente esfregou suas pálpebras adormecidas. Ele estava deitado no lado direito do corpo e na frente dele estava um armário de madeira verde pálido com a tinta um pouco descascada, o que ele não reconheceu. Ele sentiu uma pontada em sua cabeça, como se seres minúsculos estivessem enfiando alfinetes nela. Havia imagens nebulosas de ontem à noite que lhe chegavam em rajadas. Não ficou claro para ele se a dor se devia ao golpe que recebeu no dia anterior ou à ressaca de Jägermeister de Red Bull. Na verdade, ele tinha sido um pouco imprudente, pensou ele. Ele estava inconsciente há algum tempo por causa do ataque do cara do caminhão amarelo e nem mesmo tinha ido ao hospital. A coisa mais razoável a fazer teria sido tirar radiografias e ter sido mantido sob observação por um tempo. Mas ele se deixou ir por enquanto. A comida, a conversa, a viagem — tudo tinha surgido de forma muito espontânea, quase sem pensar. Ele estava tão à vontade com Camila e se sentia tão próximo dela quando falavam de motocicletas que não podia deixar de propor—lhe uma aventura. Nisso ele era muito parecido com seu irmão, na forma impensada que tomou a vida, de vive—la simplesmente como ela veio, quase que mordendo, como se ela fosse terminar a qualquer momento, como se tudo o que você não comesse do bolo que a existência lhe oferecia fosse um insulto ao próprio céu. Uma das frases favoritas de Benjamin veio à mente e ele não podia deixar de sorrir.

"Viver é um verbo que só se conjuga em um tempo: agora". Como tantas outras coisas que seu irmão lhe havia ensinado, e ele havia colocado em sua mochila existencial, ele também havia se apropriado daquela frase. Mas Benjamin não estava mais lá, ele havia levado a vida ao limite e havia levado todos os pedaços de bolo que podia, mas com um deles, o último, ele se sentia atraído. Daniel lembrou—se dolorosamente que algumas horas antes havia dito a Camila que seu irmão havia morrido, e naqueles momentos, percebeu aquelas palavras como uma traição. Ele sentiu um outro golpe na cabeça; aqueles malditos anões estavam fazendo o seu caminho através do crânio. Ele notou a boca massuda e a garganta seca. Essa foi definitivamente a ressaca. Ele sabia que deveria ter ouvido a sua experiência e continuou bebendo cerveja. Mas ele e Camila adoravam ficar bêbados, e ele não estava disposto a ficar para trás se ela o desafiasse. Ele ficou surpreso ao perceber que estava pensando nela como alguém que havia conhecido o tempo todo, apesar de não ter ouvido falar da existência dela por alguns dias. Ele olhou estranhamente para o armário verde novamente e se perguntou mais uma vez onde ele estava. Ao lado dele estava um bengaleiro do qual estava pendurado o casaco de Camila. Ele olhou para sua superfície um pouco desgastada, especialmente para os cotovelos, e para a cor original que destacava a bandeira Mapuche inscrita no centro. Ele pensou no que aquele cara grande do grupo de motocicletas havia dito,
qual era o nome dele de novo? Jacko. Um pouco difícil de esquecer uma roupa como essa. Ele estava certo. Ele sentiu que a dor de cabeça havia diminuído um pouco e lentamente virou seu corpo, tentando não atrair a atenção dos homenzinhos sádicos que estavam torturando seus cérebros. Ao se virar, ele a viu ali, a

um metro e meio de distância dele, em outra cama. Agora ele estava começando a se lembrar. Esse não era o quarto do albergue Pucon. A erupção do vulcão havia sido espetacular, mas curta, e as autoridades locais, embora tivessem elevado o nível de alerta, não consideraram necessário evacuar a população da cidade. No entanto, ele e Camila tinham decidido, como precaução, mudar—se para Villarrica, que ficava um pouco mais distante. Lá eles encontraram aquele albergue barato e um tanto monótono, mas mais do que suficiente para o que precisavam: dormir. Daniel observou como a luz da manhã filtrava através das cortinas semiabertas. Formou finos feixes dourados nos quais pequenas partículas de pó flutuavam, que pareciam estrelas suspensas em uma galáxia distante para ele.

O sol derramou suavemente sobre o corpo de Camila, que dormiu sem saber que Daniel a observava. Pequenas manchas de sol descansavam no rosto dela, como se o dia quisesse beija—la. Daniel se sentou—se na cama tentando não fazer barulho e ficou ali, em sua roupa íntima, olhando para ela. A dor de cabeça era agravada pelo desconforto que ele sentia ao ver a garota dormindo. Na verdade, ele nunca a havia visto tão bonita como ela era agora, com o sol sol sol soltando o rosto dela, mas essa beleza também era dolorosa, pois parecia ser proibida para ele. Aquela aventura era para ser uma coisa bonita, e de fato era, mas havia algo que não se encaixava, que o fazia pensar que aquele pedaço de bolo maravilhoso, o mais doce que ele havia provado em muito tempo, não era para ele. Ele tentou se lembrar das palavras de Camila na noite anterior. Ele disse algo como se nunca a tivesse beijado. Isso foi ilógico, porque ela então o beijou. Mas depois daquele beijo e daqueles que se seguiram foi difícil para ele considerar a possibilidade de não poder beijar aqueles lábios novamente. Ele continuou olhando para ela por muito tempo, imaginando a cor dos olhos dela quando ela acordou. O cabelo dela estava agitado em seu travesseiro e uma mecha de cabelo cruzou sua bochecha como um pequeno riacho que corria para sua boca. Ela pensou em afasta—la, mas preferiu não tocá—la, ela não queria que ela acordasse. Tinha fome e queria tomar uma aspirina, mas permaneceu quieta, como um predador na savana, vigia as suas presas, sem mover um único músculo para não alertá—la. Qualquer barulho, qualquer pequena mudança na sala, poderia perturbar aquele momento mágico. Ele não queria que ele acordasse, queria poder contemple—isso assim por horas, porque naquele momento era dele; apenas sua imagem, sim, mas ele o tinha ali, apenas para ele. Algo o fez sentir — talvez suas palavras na noite anterior, ou o choque da erupção do vulcão — que jamais voltaria a vê—la. Ele sentiu seu peito encolher com aquele pensamento e tentou afasta—la. Era um absurdo. Por que ele não deveria vê—la de novo?

Eles tinham se tornado bons amigos, ou pelo menos gostavam muito um do outro. Eles tinham tanto em comum. As motos, a estrada. Fizeram parte da vida dela, eram membros daquela raça especial, os motoqueiros. Depois ele lembrou que eles até tinham uma canção própria. Uma nuvem deve ter atravessado com o sol, porque os raios de luz desapareceram de repente e com eles as manchas que salpicavam o rosto de Camila. Daniel olhou para o corpo dela. Ela estava deitada de cara para baixo e através do lençol o caminho de sua anatomia foi sugerido, uma orografia suave e sinuosa como a estrada que os levava até lá, uma estrada de pele que ele gostaria de percorrer agora com sua boca. Ele sentiu uma ereção incipiente começar a tomar forma sob suas cuecas. Ele olhou para o seu rosto. Deixando ir... Era isso que ele estava fazendo, soltando. Mas ele tinha que parar com isso. Não fazia sentido para ele ter tais pensamentos de perda. Ele mal conhecia essa garota e ele não podia estar apaixonado por ela. Ele só gostava muito dela, só isso. Mas ele era livre, e não queria se sentir amarrado a nada ou a ninguém. A única coisa que ele sentia amarrado era a Estrela da Meia—Noite, mas isso era só porque a garota dele era capaz de cortar todas as outras cordas, quebrar com o motor vibratório dela todas as amarras que prendiam Daniel ao chão e o deixavam voar.

De repente, Camila abriu os olhos. A cor radiante que eles mostraram quando acordaram acelerou o pulso de Daniel. Ela sorriu para ele, e disse com uma voz sonolenta

—Mmm... —Bom manhã.

Então o olhar da menina se deslocou para as cuecas de Daniel, onde os efeitos fisiológicos causados pela contemplação de seu corpo adormecido ainda permaneciam. Ele notou, levantou-se—se rapidamente e se virou, indo para a cadeira onde estavam suas roupas. Ele sentiu seu rosto queimar de rubor, mas felizmente, estando de costas, ela não pôde vê—lo.

—Como... como você dormiu? ele disse com pouco coração enquanto vestia as calças.

—Bem, obrigado... — Você parece estar a caminho, não é mesmo? — ela respondeu enquanto esticava os braços. Em seu tom de voz, Daniel parecia detectar uma nota zombeteira.

—Sim", ele respondeu, ignorando a dica, caso fosse uma, pois tinha acabado de apertar suas calças. Estou com tanta fome que estou morrendo.

—Eu também", ela concordou, antes de dar um enorme bocejo.

—Bem-vindos ao clube!

Quinze minutos depois eles estavam tomando café da manhã em um bar perto do albergue. O aroma do café acabado de fazer das xícaras fumegantes despertou os sentidos, ainda um pouco letárgicos do sono recente e das ressacas. Estavam sentados junto a uma janela, semelhante à que estavam sentados para comer no bar da Roadhouse, mas a partir daí tinham uma perspectiva muito diferente. Ao longe podiam ver o maciço vulcânico, de cuja cratera emergia uma leve pluma branca, um vestígio de sua fúria do dia anterior. O cone de Ruca— pillán ficou solene e desafiadoramente no céu como uma ameaça silenciosa.

—Metade do susto de ontem, é? —disse Daniel, dissolvendo uma aspirina efervescente em um copo de água.

—Sim", disse Camila, olhando para o conteúdo de sua xícara de café, como se a memória pesasse sobre ela.

Daniel olhou para o borbulhar da aspirina ao sair, caindo na água e a espuma que se formava na superfície trouxe a erupção cutânea à sua cabeça.

—Espero que isso me tire a dor de cabeça", disse ele, e bebeu o conteúdo do copo de uma só gole.

—Você vai me dizer como você conseguiu essa ferida no final?

— perguntou ela enquanto via a erosão na pele da mão, que se tornara evidente ao levantar o copo para beber.

Daniel achou que eles pareciam mais parecidos do que queriam lembrar. Ela, por alguma razão que não podia imaginar, não tinha vontade de falar sobre o episódio do vulcão. E ele também não queria falar com ela sobre aquela ferida. Isso o fez pensar nas embalagens, nas fotos e no cara do caminhão. Foi a primeira vez que ele pensou sobre isso desde que acordou. Na verdade, desde que chegaram a Pucón, ele mal se lembrava. Foi estranho para ele perceber isso. Na véspera ele havia descoberto que alguém próximo a ele havia fotografado ao longo dos anos sem o seu consentimento, e algo que significava uma reviravolta tão radical no que ele havia pensado ser a sua vida até então parecia ter sido momentaneamente apagado da sua memória. Talvez fosse aquele lugar estranho e mágico, com o lago, com o vulcão, com a fantástica lenda do chefe Mapuche Tupaq e da princesa Ailin... Ou talvez tenha sido ela.

—Bem? —Talvez tenha sido ela. —insistiu Camila com um olhar impaciente no rosto.

voz.

—Não é nada, apenas um arranhão", disse ele, olhando sem olhar para a televisão no bar. Eles estavam transmitindo as notícias, e, na tela, havia algumas imagens espetaculares do vulcão em erupção que alguma pessoa privada havia tirado com seu celular.

—Tem alguma coisa a ver com o ataque de ontem? —assomou Camila.

Ele se virou para ela e olhou fixamente para ela. Aquela garota era muito intuitiva. Mas ele também podia, se quisesse, fazer—lhe algumas perguntas. O que ela quis dizer com não beijá—ló? Por que ela falou sobre a vingança dos deuses? Qual era a razão da tristeza que estava por trás daqueles lindos olhos? No entanto, eu não a questionava. Eu tinha a sensação de que ela não iria gostar, e não queria estragar o final da viagem. Além disso, se ela tinha algo a lhe dizer, ele preferia que ela o fizesse livremente, porque ele tinha decidido fazê—lo.

—Okay... — Você não precisa me dizer se não quiser

—disse ela, olhando pensativamente para a janela.

—Essa é uma longa história", respondeu ele.

E sem saber como ou por que, ele se viu explicando à Camila sobre os quatro pacotes e seu estranho conteúdo. Ele contou a ela sobre a enorme aranha que o havia mordido, sobre a galinha com a garganta cortada e sobre a confusão de insetos, mas no momento algo o fez não mencionar as fotografias. Ele também contou a ela sobre suas suspeitas sobre o motorista do tanque, e como ele o seguiu quando o encontrou por acaso na estrada. Ela escutou atentamente, silenciosamente, como se tentasse digerir aquela história desconcertante.

—Você tem certeza de que eram quatro pacotes? — perguntou ela quando ele havia terminado de falar.

—Sim, por quê? —respondeu ela, oferecendo—lhe tabaco.

—Sem razão', disse ela, recusando a oferta e depois olhando para ele silenciosamente, como se estivesse meditando no que ele havia acabado de dizer.

Daniel acendeu um cigarro. Ele deixou o maço e o isqueiro em cima da mesa e respirou fundo. A aspirina tinha feito seu trabalho de forma eficaz e com velocidade surpreendente, e os homenzinhos em sua cabeça estavam lutando em retirada. Ele sentiu que um peso havia sido retirado de seus ombros ao contar a Camila sobre isso, mesmo que ele tivesse deixado uma pequena parte dele no tinteiro. Relaxado e feliz, ele esticou as pernas e olhou para cima do topo do vulcão.

—Vejam! — ele disse de repente. Ele levantou a mandíbula e formou uma forma de U com seus lábios, através da qual exalou anéis de fumaça que lentamente se expandiram à medida que se elevavam em direção ao telhado. Eu sou Rucapillán!

Ela mal sorriu. Ela tirou o Zippo da mesa e olhou pensativamente para a letra e a cruz inscrita em sua superfície metálica brilhante, banhada pela luz que corria através da janela.

—Você disse que eram quatro maços,' ela disse como se hipnotizados, 'e eles foram feitos pelas reverberações do sol no isqueiro'.

O que havia na sala?

—Você não pode esconder nada de si mesma, não é mesmo? —se cheirando e olhando para ela com um sorriso.

Ela lhe devolveu o sorriso e esperou atentamente pela resposta. Daniel desistiu. Ele não teve vontade de contar a ninguém sobre as fotos. Nem lhe apeteceu pensar sobre isso. Mas em algum momento, ele teria que contar para alguém, e quem melhor do que alguém fora de seu círculo de amigos. Pelo que eu sabia, qualquer um deles poderia ter sido aquele que tirou as fotos. Então, ele contou a eles. Ele explicou seu espanto em encontrá—los na caixa e a nudez que ele havia experimentado. Ele também lhe disse que tinha ido àquele bar na esperança de que naquele último pacote ele encontrasse a resposta para aquele mistério e pudesse falar com a pessoa que as havia enviado.

—O resto você sabe", concluiu ele.

—Quem poderia ter feito isso? —disse Camila pensativamente, virando o Zippo na mão dela. E para quê?

—É o milhão — O céu se estendeu diante dos seus olhos como se fosse uma enorme borboleta de asas azuis voando em direção à imensidão. As nuvens, brancas como recém—lavadas, amontoadas no horizonte em nuvens de cúmulo inchado, adotando formas curiosas, que evoluíram com a pergunta do dólar caprichoso! —Tentou brincar e amenizar o problema na frente da menina, embora fosse claro para ela que se tratava de um assunto de grande preocupação.

—Bem, vamos ter que perguntar a alguém.

—Vamos perguntar? —Ele olhou para ela com surpresa.

—Você não acha que eu vou ficar querendo resolver esse mistério, acha? —respondeu ela com um sorriso malicioso.

Esse sorriso deu algum conforto a Daniel. Contar a história havia estragado seu bom humor, e a seriedade e o silêncio de Camila pouco havia feito para melhora—la. Os olhos da garota estavam mudando novamente na luz do dia e ele pensou que nunca se cansaria de contemplar essas transformações. Aí ele teve uma ideia engraçada. Talvez essa cor tenha mudado com pensamentos ou emoções. Talvez cada emoção tivesse uma cor especial. Alguém que pudesse estudar essas mudanças e associa—las às emoções correspondentes, poderia descobrir os segredos que Camila guardava em seu coração.

—Em que você está pensando? — perguntou ela.

—Guia.

Camila olhou para ele com cuidado, como se ela realmente quisesse adivinhar o pensamento, e Daniel teve a sensação, novamente, de que ela o estava escaneando, como quando ele mentiu para ela sobre ter sido assaltado. Embora fosse absurdo, isso o fez sentir—se desconfortável.

De repente, o olhar de Camila parecia estar absorvido em um ponto que estava além de Daniel.

—Pensei que seria divertido se você e eu fizéssemos de detetive juntos", disse este, alegando seu interesse.

Sherlock Daniel e Camila Watson!

Camila não respondeu, ela nem parecia ter ouvido as palavras de Daniel. Sua atenção estava em outro lugar, e seus olhos expressaram uma mistura de espanto e preocupação. Ele seguiu o olhar dela até a tela da televisão, onde podia ver a imagem de um lençol branco aparentemente cobrindo um cadáver na calçada da rua. Uma zona de segurança ao redor do corpo foi delimitada com fita amarela e, do outro lado, um grupo de curiosos se aglomerou, iluminado pelas luzes picantes de um veículo policial. A lente da câmera deixou o corpo e varreu verticalmente ao longo da fachada do prédio adjacente até fazer zoom no telhado. Uma locução foi relatada:

...e este é o terceiro caso nas últimas horas. O padrão parece ser o mesmo dos dois primeiros, mas os investigadores do CID entrevistados por nós não confirmaram isso e preferem guardar a informação para si, de forma a não comprometer a investigação. Como você deve se lembrar, tanto o primeiro bombista suicida quanto o segundo tinham recebido cinco pacotes de um remetente desconhecido cujo conteúdo não foi revelado. Segundo testemunhas oculares, em ambos os casos, o recebimento do quinto pacote foi o gatilho que impulsionou as vítimas a se jogarem fora dos prédios. Neste caso, o edifício escolhido foi o conhecido Hotel Marriott, localizado na Avenida Presidente Kennedy, na capital. Uma peculiaridade em que uma linha de investigação policial foi aberta é a presença de uma estranha máscara que os dois primeiros suicidas usaram quando se jogaram no vazio. Segundo fontes oficiais, as duas máscaras eram feitas de madeira e representavam um pássaro. As autoridades estão considerando a possibilidade de algum tipo de ritual macabro.

Daniel ficou petrificado ao ouvir essa informação. Algumas pessoas tinham recebido alguns pacotes diversos e acabaram mortas. Será que a pessoa que enviou esses pacotes seria a mesma pessoa que lhe enviou os dele? E, nesse caso, ele estava em perigo? A dor de cabeça veio de repente novamente, e um desconforto geral passou por cima dele. Ele estava confuso. Que diabos significavam aqueles pacotes e o que tinham a ver com ele? Ele se voltou para Camila e encontrou a dela cheia de preocupação.

—Se... se você recebeu quatro pacotes e quem os enviou é o mesmo que enviou os pacotes daquelas pessoas, então..." ela começou a dizer com uma voz mal audível.

Daniel terminou a frase:

—Então só sobrou mais um.

CAPÍTULO 9

A temperatura havia baixado um pouco e desde que saíram de Villarrica, o sol estava girando ao redor das nuvens, escondendo seus raios e oferecendo aos motoqueiros uma trégua em sua viagem de volta. Daniel sentiu—se vivo novamente, a dor de cabeça havia desaparecido completamente, e o ar estava lambendo seu rosto enquanto ele ganhava milhas no asfalto. Sua meia—noite e a estrada possuíam uma espécie de poder curativo que o fez se recuperar física e mentalmente como nada mais que ele jamais conheceu. O barulho do motor, o ruído contínuo de sua jaqueta agitada pelo vento, a vibração do guidão — cada uma dessas sensações familiares o fazia sentir—se renovado. Ele se olhou no espelho retrovisor e viu Camila inclinada elegantemente sobre sua Suzuki, como uma amazona montando sua sela. Ele respirou o cheiro da estrada, o cheiro da grama molhada misturado ao cheiro da gasolina e a fumaça da combustão e sentiu isso como um presente. Ela estava em casa novamente. Nuvens cinzentas rodopiavam diante dele, e parecia engolir a estrada alguns quilômetros adiante, e ele temia que eles ficassem surpresos com a chuva. Em ambos os lados da estrada, em oceanos de vegetação, as linhas de energia se estendiam entre os postes como pautas de uma grande partitura sobre as quais escrever as notas da música que estavam tocando enquanto andavam de moto — a música da estrada. Ele notou um punhado de vacas à sua direita que pastavam tranquilamente num pequeno prado e as acenou para Camila. Através do espelho, ele viu o gesto dela de volta com o polegar para cima e imaginou o sorriso dela atrás do visor. Ele também sorriu ao ver que muitas delas estavam olhando para o norte. Eles rolaram por mais meia hora quando, como ele temia, uma gota de água caiu sobre sua mão pouco amável. Um sinal em que as gotas de chuva começaram a fazer sinal dando a localização de uma área de descanso a dez quilômetros de distância. Daniel olhou para o céu, cada vez mais de chumbo, e apontou para a placa, indicando que eles poderiam parar ali. Eles já haviam percorrido um longo caminho e podiam fazer um descanso. Além disso, as primeiras gotas de chuva sobre a lama e a lama depositada no pavimento poderiam ser um fator de risco, por isso foi aconselhável fazer uma parada. Elas passaram pela chuva no trecho de estrada que as separava da área e, quando chegaram, o céu começou a cair com tanta força que mal se via de poucos metros de distância.

—Phew, isso foi por pouco! —exclamava Camila como eles estavam

as motos sob um dossel ao lado do estabelecimento.

—Deixamos os bons velhos tempos para trás", disse ele, abrindo a porta da loja.

—Não importa", disse de bom humor ao entrar, "não tem mal nenhum, eu já estava com fome".

Mais uma vez, eles encontraram espaço junto à janela, embora desta vez o olhar deles mal conseguisse penetrar o grosso manto aquoso que ficava entre eles e a paisagem. Ao trazer—lhes alguns sanduíches, Camila ficou hipnotizada pela rota aleatória das gotas que haviam salpicado na janela, enquanto ela se movia mecanicamente com uma garrafa de ketchup sobre a mesa. Daniel a observava, divertido; ele adorava vê—la tão absorvida pelas trajetórias caprichosas que as gotas se formavam ao descerem pelo vidro. Seus cabelos molhados tinham se enrolado um pouco, dando ao rosto uma aparência mais jovem, que se refletia na superfície do vidro, dobrando sua beleza. Trovões roncavam lá fora como se um batalhão de gigantes estivesse batendo furiosamente contra as nuvens.

—Temos que descartar possíveis suspeitos", disse ela de repente, sem desviar o olhar do vidro.

—Então essa cabecinha ainda está trabalhando a toda velocidade, mesmo que pareça estar nas nuvens! —Deixou Daniel enquanto escutava as palavras da garota.

—Sério, Daniel, você não tem muito tempo", respondeu Camila gravemente, olhando para ele. Tem alguém que tem as chaves da sua casa?

—Você quer dizer por causa das fotos?

—Sim.

Daniel pensou por um momento na resposta enquanto tirava um cigarro do maço e o acendia.

—Não sei...; estamos falando de alguns anos, — ele disse meditando enquanto soltava a fumaça em cima da mesa. Minha mãe costumava tê—ló, mas já não está mais lá... Também, Hector, meu melhor amigo. Talvez a minha irmã. E o Mapuca, é claro.

—Quem é o Mapuca? —Quero conhecer a Camila.

—Ela é como uma segunda mãe para mim, — respondeu com um brilho terno no olho. —Ela veio para trabalhar em casa quando eu era pequena e sempre esteve lá. Ele me pediu as chaves quando eu me mudei para o apartamento para ficar limpa.

—Você a ama muito, não é mesmo?

—Sim. — Tenho certeza que ela não tem estado, não faria nenhum sentido.

—E os outros?

—A verdade é que ela também não. A minha irmã, Hector... Eles interromperam a conversa quando o garçom chegou para servir—lhes os sanduíches e alguns refrescos. Camila vorazmente se lançou a devorar o deles, depois de carregá—ló com mostarda e ketchup. Daniel preferiu terminar seu cigarro antes de começar, enquanto se entretinha olhando um jornal na mesa.

—Minha ex, Andrea, também tinha chaves", lembrou—se ele, "mas ele as devolveu quando terminamos".

O rosto de Camila se torceu quase imperceptivelmente com essas palavras, mas ela apenas acenou com a cabeça e continuou a comer. Entretanto, aquela pequena perturbação não passou despercebida por Daniel, que sorriu para si mesmo. Ele derramou sua Coca—Cola no copo e uma espuma marrom se formou na superfície da bebida.

—Há quanto tempo você a deixou? — perguntou ela sem querer, olhando para a janela. A chuva estava descendo lá fora no escuro, eu estava apenas entrando na noite como se já estivesse escuro.

—um par de anos", disse ele, "mas não era ela, tem fotos tiradas mais tarde".

—As chaves podem ser copiadas antes de serem devolvidas,
você sabe? —grunhou a Camila enquanto mastigava seu sanduíche.

—Com ciumes? — perguntou ele divertindo—se.

—Essa não é uma brincadeira, Daniel — respondeu com raiva, e deixou o resto do sanduíche no prato, como se ela tivesse perdido o apetite.

—É só uma brincadeira — começou a dizer — da outra vez eu lhe disse.

—Escuta", ela interrompeu. "—Você e eu não temos nada, e não vamos tê—lo.

—Não parecia assim na noite do lago", respondeu ele, confuso e perturbado com a mudança de atitude da garota.

—Desculpe", disse ela, como se lamentasse suas palavras.

Por favor, esqueça. Vamos falar sobre as fotos.

Um relâmpago piscou lá fora e iluminou o céu atrás do vidro. Daniel esmagou seu cigarro rabugento em um cinzeiro no qual jaziam várias pontas de cigarro não acesas.

—Eu acho que não foi ela", disse ele, pegando seu sanduíche e temperando a salsicha lá dentro com um pouco de mostarda. As primeiras fotos foram tiradas quando ainda não estávamos saindo.

—Não sei..." disse Camila pensativa. "Que outras pessoas você tem ao seu redor?

Conte—me sobre seu trabalho, seus amigos...

—Você acha que eu ainda não pensei em tudo isso? —respondeu ele, dando uma dentada no seu sanduíche.

—Você está com raiva... —disse ela amuado.

—Não, a sério, está tudo bem. —Daniel não queria estragar o dia dele, então ele se ofereceu para dar a ela as informações que ela pediu. Minha família é dona de uma empresa de conglomerado com outros quatro sócios. Quando minha mãe morreu, eles me ofereceram o endereço, mas eu recusei. Eu não estava interessado no negócio; eu me sentiria preso lá, vestido como um pinguim, o dia todo com reuniões e merdas assim...

Camila sorriu quando ouviu isso, e o sorriso dela dissipou um pouco a tensão que havia se instalado entre os dois.

—O quê? — perguntou ela, sorrindo em troca.

—Não consigo te imaginar de terno, com camisa e gravata.

Daniel riu quando ouviu isso, e algumas migalhas de pão saíram da boca dele com risos. Camila pegou um guardanapo de papel de um dispensador e limpou um pouco de mostarda dos cantos da boca dele.

—Bem, não parece tão ruim assim", vangloriou—se ele, "Eu tive que aguentar um dia destes". Mas sim, você está certo. Eu estou muito mais confortável no meu casaco de couro.

—Disso eu não tenho dúvidas", riu Camila, e levou o jornal para folheá—ló enquanto Daniel contava seu sanduíche.

Então, você é um garoto rico? — acrescentou ele.

—Pode dizer isso", admitiu Daniel com um olhar entediado no rosto.

—Talvez isso tenha algo a ver com as embalagens.

—O que poderia ter a ver com isso? — perguntou ele. Não há nada de anormal nas fotos... Acho que eles não querem me chantagear. Além disso, estou dissociado do negócio da família.

Camila olhou para ele por um longo tempo. Seus olhos opalinos refletiam uma estranha tristeza. Do nada, ela se estendeu e pegou a mão dele.

—Não quero que você pule da janela", exclamou ela.

Daniel, um pouco perplexo com esse gesto, sorriu e apertou sua mão.

—Não tenho intenção de fazer isso", disse ele com um sorriso, "e se eu fizer, eu mesmo escolho a máscara", brincou ele. Eu não vou usar a máscara de um desses pássaros.

Os olhos de Camila ficaram molhados e ela olhou para baixo. Daniel pegou o queixo dela delicadamente na mão dele e a levantou para poder olhar para ela.

—Ei, eu não vou me matar", disse ele suavemente. Eu não tenho razão para fazer isso.

Ela olhou de volta para o jornal e continuou a folheá—ló em silêncio. Fora da tempestade parecia estar aliviando e o trovão estava vindo cada vez mais longe.

—Minha mãe diz que o trovão é a voz do céu que repreende os homens quando eles fizeram algo errado," ela disse sem desviar o olhar do jornal.

—Está muito bonita se ela se parece com você", disse ele.

—Ela é", ela respondeu com uma pitada de tristeza na voz.

—E algo errado? —assumiu Daniel.

—Não, nada está errado.

—me faz pensar que você me fez muitas perguntas, mas eu quase não sei nada sobre você.

—Minha vida não é interessante", disse ela, virando a página do jornal.

De repente, o olhar de Daniel estava fixo na página que acabara de virar. Seu coração começou a bater forte, e ele arrancou o jornal de Camila para ver melhor.

—Hey, você só tinha que pedir por ele! —exclamou irritada.

—Vejam só! — ele apontou, muito chateado, a fotografia de um logotipo que aparecia em um dos anúncios do jornal.

Ela o entregou e olhou para ele. Era uma placa comercial com o nome de uma empresa em uma figura preta representando esquematicamente um tubarão. Abaixo dele estava o endereço da empresa e um número de telefone.

—Transporte de Mandíbulas? — perguntou ele, estranhamente.

—O logotipo da empresa! —disse ele. Estava impresso no caminhão—tanque! Camila abriu os olhos de surpresa.

—Nós conseguimos! —se exclamou, correndo para procurar o celular no bolso do casaco. Nós vamos ligar!

—Apenas um momento! —Ele a parou. Vamos investigar um pouco primeiro...

Ela acenou com a cabeça e pesquisou no Google o nome da empresa. A pesquisa deu muitos resultados, mas Camila entrou no link que levou ao que parecia ser o site oficial, pois o nome da URL era o mesmo do nome da empresa.

—É uma empresa de transporte que atua em todo o Chile

—explicou ao ler as informações oferecidas pelo site. Ela pertence a uma grande corporação chamada Bildex. A sede está localizada...

—Espere! —Daniel a interrompeu, pegando o celular na mão dele e olhando avidamente para a tela. Você disse Bildex?

—Você definitivamente não sente a necessidade de pedir coisas hoje, ela o repreendeu com irritação pela brusquidão dele. Sim, você conhece essa empresa?

—Pertence a Hugo Areilza, um dos quatro sócios da nossa empresa familiar.

CAPÍTULO 10

Na manhã seguinte, ambos estavam em frente à Torre Titanium, um vasto arranha—céu de base elíptica localizado na Avenida Andres Bello, na capital chilena. A superfície de vidro refletia como um espelho os edifícios próximos e o céu de Santiago cheio de nuvens brancas. No quinquagésimo primeiro andar ficava a sede da Bildex S. A., empresa cujo acionista majoritário era Hugo Areilza.

Eles tinham viajado toda a tarde do dia anterior em suas motos e chegaram em Santiago quando começou a escurecer. Decidiram ir descansar e se encontraram às onze horas em Bildex para entrevistar a Areilza. Daniel garantiu a Camila que o conhecia muito bem; ele tinha sido amigo e parceiro de seus pais e o receberia sem nenhum problema. Ambos estavam dispostos a ir ao fundo da questão.

A secretária cumprimentou gentilmente Daniel, que ela conhecia de outras ocasiões. Enquanto ele falava com ela, ele remexia de forma abstrata nos panfletos que estavam em uma exposição de metacrilato na recepção, pegou um, e o guardou. A secretária os levou para uma sala adjacente onde ninguém mais estava esperando.

—Metade de água tremenda! —exclamou Camila com espanto quando foram deixados sozinhos.

O quarto em que eles estavam foi decorado de uma forma minimalista e moderna, mas luxuosa. Nas paredes de madeira dura penduraram algumas pinturas abstratas em posições estratégicas, o chão foi alcatifado em tons de areia para combinar com os móveis, e uma magnífica lâmpada pirâmide pendurada no teto. A menina se aproximou da gigantesca janela que seguia a forma oval da fachada e contemplou a cidade a seus pés, sob os picos nevados da Cordilheira dos Andes.

—O seu apartamento também é assim? —perguntou Daniel, fascinado com a vista espetacular da cidade daquela altura.

—respondeu, tentando eliminar qualquer traço de presunção em sua voz.

—Você deve estar carregado! —saiu rindo, não tirando os olhos da esplêndida vista que tinha diante de si.

Ele olhou para a silhueta dela como um motoqueiro recortado contra a cidade e tentou imaginar como ela ficaria com um vestido apertado e saltos altos.

—Bem, que honra! —disse uma voz feminina atrás dele que fez os dois se voltarem.

Uma garota muito bonita, cerca de trinta anos, vestida com um vestido elegante e justo, cuja saia muito curta estava enredada em suas pernas longas e bem torneadas, tinha entrado na sala e caminhava em direção a Daniel com um grande sorriso nos lábios.

—Andrea! —exclamou ele, quando a reconheceu, esticando os braços para cumprimenta—la.

—De que lhe serve isso aqui? —disse ela, abraçando—o e dando—lhe um beijo na boca de uma forma que Camila achou muito conspícua.

—Camila, esta é Andrea", disse Daniel, visivelmente desconfortável com o gesto de Andrea.

—Estou encantado", disse ele, aproximando—se de Camila e dando—lhe um beijo em cada bochecha, depois voltando—se para Daniel, ele acrescentou com um sorriso: "Você ainda tem muito bom gosto em garotas, garoto amante!

—Somos apenas amigos", disse Camila, um pouco irritada com a confiança que a garota estava depositando nele. Pareceu—lhe que todos os seus gestos estavam cobertos de uma espontaneidade estudada, e ela pensou que provavelmente fosse o ex de Daniel.

—Ah, então eu ainda tenho uma chance...". Andrea sorriu e puxou Daniel para perto dela, segurando—o pela cintura de uma maneira excessivamente afetuosa.

—Quando você quer, você é como um percevejo, Andrea", ele a repreendeu com um sorriso enquanto gentilmente a empurrava para longe.

—E o que a traz aqui? —assumiu Andrea, com um rosto de resignação que faria uma garota safada que não se entrega aos seus caprichos.

—Nós viemos conversar com seu pai.

A porta da sala se abriu naquele momento, e na soleira da sala apareceu um homem distinto de cerca de cinquenta e poucos anos.

—Está alguém falando de mim? —disse ele, sorrindo.

—Hugo! —exclamou Daniel.

O homem se aproximou de Daniel e lhe deu um abraço caloroso. Ele era um homem grande, com cabelos grisalhos e gordurosos, sobrancelhas arbustivas sombreando seus olhos vivos, e um bigode grosso e arrumado. Ele usava roupas caras e seus modos eram requintados. Depois de cumprimentar Daniel, ele beijou a mão de Camila galantemente e os convidou a se sentarem.

—Qual é o prazer nisso? — perguntou ele uma vez que todos tinham tomado seus lugares.

—Veja, Hugo — Daniel foi direto ao ponto, "eu queria falar com você sobre alguns pacotes que recebi.

Camila notou como a sobrancelha populosa de Hugo Areilza ficou levemente sulcada quando ouviu essas palavras. O homem de negócios não disse nada, mas ele afinou repetidamente seu bigode, e Camila teve a impressão de que ele estava tendo dificuldades em manter as mãos só para si. Daniel explicou em traços largos a ele e sua filha a história das quatro caixas e seu conteúdo.

—Vocês foram à polícia para denúncia—la? — assinalou Areilza quando Daniel terminou sua história.

—A verdade é que eu preferi investigar por conta própria antes de fazer isso.

—Você se saiu muito bem", disse Areilza pensativamente. Essas coisas vazaram imediatamente para a imprensa e não é bom para a imagem do negócio...

—Você acha que isso pode ter algo a ver com os suicídios que vêm acontecendo? —Não. —assumiu Andrea com um olhar preocupado. Dizem que os suicídios também tinham recebido alguns pacotes...

—Não sei bem", respondeu Daniel com seriedade, olhando para Areilza. —Na verdade... Eu estava esperando que talvez você pudesse me dizer algo.

—Me? — perguntou o homem surpreso.

Daniel deixou o folheto que havia tirado da recepção em cima da mesa e ficou em silêncio. Tinha o nome de uma empresa de transporte impresso nele com o logotipo de um tubarão preto. Areilza olhou para Daniel com uma expressão desconcertada. Parecia que ele não sabia do que eles estavam falando.

—Pensamos que foi um homem da sua empresa que enviou as embalagens para Daniel", interveio Camila.

—Você está acusando meu pai de alguma coisa? — assumiu Andrea indignadamente.

—Estou simplesmente dizendo que há um cara que dirige um caminhão da empresa, que derrubou Daniel no outro dia", respondeu Camila com determinação.

—Você deveria encontrar alguns amigos com um pouco mais de classe, Dani", exclamou Andrea com raiva.

—Como a que você tem, talvez? —Camila a desafiou.

—Quem você pensa que é vindo aqui para nos insultar?

—Vamos, Andrea", mediu Hugo Areilza, "não faça alarde, ninguém aqui acusou ninguém de nada". —E voltando—se para Daniel ele acrescentou: "Para dizer a verdade, eu não posso te dar nenhuma informação sobre isso, Daniel". Eu tenho dezenas de funcionários em todo o país. Eu posso, no entanto, fazer uma coisa. Me dê o número da placa do caminhão de que você está falando e eu vou descobrir quem estava dirigindo no dia em que você foi agredido.

—Bem, isso seria útil... —Daniel concordou.

—E você está dizendo que não tem ideia de quem possa ter tirado essas fotos? —Não tenho. —Parece que deve ter sido alguém muito próximo...

—Não..., tenho pensado nisso, mas não consigo pensar quem...

—É uma pena que o seu irmão não esteja mais aqui", exclamou o empresário de repente, olhando para Daniel. Ele poderia ter nos ajudado a resolver o mistério... Ele tinha uma cabeça privilegiada...

Daniel pensou ter sentido um leve brilho nos olhos escuros de Areilza quando disse estas palavras. Ele não entendia por que estava mencionando seu irmão agora; pelo que ele sabia, eles nunca tinham se entendido particularmente bem.

— Vocês saíram juntos, não foi? —Camila perguntou de repente a Andrea.

—Não foi o seu namorado que lhe disse? —disse ela num tom altivo.

—Ele não é meu namorado", repetiu Camila.

—Então, você não se importa se vamos sair ou não.

—Dizia isso porque uma namorada é alguém muito próximo..., alguém que tem acesso à privacidade do seu namorado...

—O que você está insinuando?

—Venham, meninas, acalmem—se", disse Areilza novamente entre os dois. Então ele olhou para Daniel com uma expressão machucada e disse: "Daniel, você é como um filho para mim". Você deve perceber que não é muito apropriado que você e seu amigo venham e insinuem que temos algo a ver com o envio dos pacotes.

—É possível", admitiu Daniel. Mas você tem que perceber que as circunstâncias apontam nessa direção.

Areilza permaneceu em silêncio por alguns segundos e olhou para Daniel como se ele estivesse pesando a possibilidade de lhe confiar algo. Então ele olhou para sua filha e disse:

— "Eu tenho uma confissão a fazer...

—Pai...? —exclamou Andrea, perplexo.

O empresário olhou novamente para Daniel, suspirou resignado, levantou-se—se de seu assento e foi para um armário. Ele o abriu com uma chave no bolso e tirou uma caixa quadrada de tamanho médio que Daniel reconheceu imediatamente.

—As caixas que você recebeu são assim? — perguntou ele.

CAPÍTULO 11

Na estrada novamente... Mal posso esperar para pegar a estrada de novo...

Na estrada de novo... Como diz a música, foi difícil para Daniel passar muito tempo sem rolar no asfalto e qualquer — qualquer desculpa era boa o suficiente para fazê—lo. Neste caso, a desculpa tinha sido um pedido da Camila. Quando ela deixou a sede da Bildex, ela havia pedido para ela deixar o país. Só tinha um pacote para receber e esse seria o último, portanto, se estivessem fora, não poderiam entrega—lo. Ele não teve medo, mas ficou emocionado com a preocupação de sua amiga e achou que era uma boa oportunidade para fazer outra viagem com ela. Agora eles estavam atravessando os Andes e seu destino era Mendoza, no país vizinho.

A estrada subia picos íngremes, e à medida que subiam o ar ficava mais frio, mas estava tão limpa que, apesar da altitude, enchia completamente os pulmões deles. Diante deles, havia uma paisagem magnífica, difícil de imaginar. Era como se a cada quilômetro que avançavam os aproximasse um pouco mais de Deus. Camila ia adiante, e Daniel podia vê—la cercada por picos nevados cortados num céu tão azul que parecia irreal. A subida exigia cautela porque os ventos eram fortes ali e podiam desequilibrar a moto, mas tanto ela quanto ele eram motoqueiros experientes e sabiam tomar seu pulso precisamente em cada etapa da viagem. O motociclista estava na moto e na estrada como se a máquina, o píloto e a estrada fossem uma e a mesma coisa, um movimento único fluindo harmoniosamente através da paisagem. As nuvens brancas e sedosas pareciam se desgastar nos picos íngremes, como se as enormes massas de rocha erodida fossem crianças querendo pegar algodão—doce.

Acima do som rítmico dos motores, os ecos do vento entre os penhascos sussurravam—lhes segredos antigos ao passarem.

Daniel observava Camila esquivando—se das encostas da estrada com movimentos suaves e se adiantando a qualquer obstáculo que a estrada pudesse apresentar, pequenas manchas de óleo ou algum buraco ou cascalho para contornar, como se ela não tivesse feito mais nada durante toda sua vida. Ele gostava daquela garota, e sua habilidade ciclista só aumentava seus encantos, mas havia algo atrás daqueles lindos olhos, um segredo, uma sombra de tristeza cuja origem ele não conseguia decifrar. Ela sabia que tinha sentimentos por ele, disso não havia dúvida: a preocupação dela de que nada lhe acontecesse o demonstrava. Quando, após a confissão de Areilza, ela soube definitivamente que a vida de Daniel estava em perigo, ela não havia parado até que o convencesse a deixar o país. Hugo Areilza confessou—lhes que ele mesmo havia recebido quatro pacotes e estava esperando o quinto. O conteúdo das três primeiras caixas coincidiu com o das caixas de Daniel; não foi assim com a quarta. No quarto pacote, Areilza não recebeu nenhuma foto, mas uma figura de madeira carbonizada que parecia representar um homenzinho com os braços para baixo. Ele disse a eles que não entendia o significado daqueles estranhos carregamentos, mas não tinha ido à polícia porque não queria que a publicidade de tudo isso se espalhasse para sua empresa. Ele disse que preferia lidar com isso do seu próprio jeito. Ele também lhes disse que os três suicídios eram os três sócios do conglomerado de empresas que incluía o de Daniel. Isso não deixou dúvidas de que o remetente de todas as caixas era o mesmo e que a ligação entre os beneficiários era a corporação que eles tinham em comum. Cinco sócios, cinco caixas cada um. Se ninguém impedisse que as coisas continuassem a acontecer de acordo com o mesmo padrão, o próximo suicídio seria Areilza ou o próprio Daniel. Tanto Andrea quanto Camila tinham interesse em chamar a atenção da polícia imediatamente, mas recusaram. Areilza, pelas razões dadas, e Daniel, porque havia algo que não se encaixava na história. Especificamente, as fotografias que lhe haviam sido enviadas. Se tudo isso foi uma conspiração que nasceu há anos para afundar a empresa, por que Areilza não tinha recebido fotografias também?

Eles seguiram seu caminho tão rápido quanto o tráfego permitia.

e, após o almoço em Portillo, eles continuaram sua viagem até a alfândega. Do outro lado da fronteira, o ritmo da marcha acelerou, pois as suaves encostas e as curvas largas permitiram que o tráfego fluísse mais suavemente. Do lado direito da marcha, o rio Mendoza fluía tranquilamente. À esquerda, atrás das cristas coloridas dos maciços, a majestosa encosta sul do Aconcágua, a montanha mais alta do continente, podia ser vista naquele dia. Acompanhados por sua presença distante e pela mudança de cores dos morros banhados pela luz da noite, eles chegaram a Mendoza. Ao entrar na cidade, Daniel pensou que não se importaria de fugir dos pacotes e do mundo inteiro junto com Camila, cada um com sua motocicleta, sem precisar de mais nada além de novas estradas a serem descobertas e diferentes paisagens a serem percorridas.

Eles procuraram um pequeno hotel em uma área central e, mais uma vez, pediram camas separadas.

Daniel não havia terminado de assediá—los, mas sabia como se livrar da raiva que estava aparecendo dentro dele a tempo. Afinal de contas, Camila tinha o direito de tomar suas próprias decisões. Uma vez no quarto, eles decidiram tomar um banho e depois ir jantar.

Enquanto Camila tomava banho, Daniel abriu a caixa de fotos e as espalhou na sua colcha. Como ele as havia mostrado para Camila, nunca mais as havia olhado. Por alguma razão, enquanto estava com ela, ele preferiu não pensar sobre isso, aquele pedaço estranho do seu passado que ele não conhecia, que ele não sabia como ele se encaixava no que ele pensava ter experimentado até então. Ele não confiava em Areilza. Embora fosse uma pessoa que sempre se tinha dado muito bem com ele, seu irmão Benjamin nunca tinha gostado muito. Daniel sempre atraiu essas diferenças não tanto para o desgosto pessoal, mas para formas opostas de ver a empresa, já que seu irmão mais velho, ao contrário dele, estava envolvido na administração do negócio da família. Mas agora havia várias coisas que não se encaixavam. Primeiramente, a diferença entre os conteúdos dos últimos pacotes. Depois, o maldito caminhão amarelo. Não podia ser coincidência que ele pertencesse à frota da Areilza. Ele começou a pensar que era muito provável que o próprio Areilza tivesse organizado tudo. Pode até ser que, quando se conheceram na sede da Bildex, ele tenha inventado que também estava recebendo pacotes para desviar a atenção do que estavam falando ali: o fato de um de seus funcionários ter atacado Daniel. Ele achava que talvez Areilza estivesse procurando alguma forma, que ele não podia imaginar, de assumir o controle de todo o conglomerado empresarial, eliminando os outros sócios. Daniel estalou a língua e balançou a cabeça num gesto de aborrecimento. Se ele não estivesse tão alheio aos assuntos do negócio da família, talvez tivesse tido mais respostas agora. Ele olhou para as fotos espalhadas na cama. Havia algo nelas que era estranho para ele, mas ele não conseguia identificá—las. Ele sentiu que lhe faltava algo, que essas fotos seguiam um fio comum que as atravessava, que as ligava de alguma forma, mas que não saltava para ele, como se estivesse escondido em suas imagens. Ele olhou para elas novamente, uma a uma, ele olhou para seu rosto, para sua posição, para os lugares onde elas haviam sido tiradas... Ele até tentou encontrar o momento do dia em que foram tomadas, seja pelo fato de terem sido tomadas com luz artificial ou com luz natural, seja pela presença de algum relógio. Ele decidiu, finalmente, classificá—los cronologicamente, do primeiro ao último, tentando localizar o momento aproximado em que haviam sido levados. Na verdade, havia muito trabalho a ser feito.

—Olhando para as fotos de família?

Daniel se virou e viu Camila embrulhada em uma toalha recém—saída do banho. O cabelo dela estava molhado, como no dia em que se banharam juntos no Lago Villarrica, e algumas gotas estavam correndo pela encosta da pele dela. Ela teve que respirar um par de vezes antes de poder responder.

—Tento encontrar alguma pista nas fotos, algo que possa me dar informações sobre quem as tirou", disse ele com uma leve tosse.

—Queria poder te ajudar", respondeu ela, ao lado dele para que ele pudesse olhar para as fotos.

O olhar de Daniel escorregou, como as gotas, sobre o corpo de Camila. A pele marrom dele contrastava com o branco da toalha e dava um cheiro suave e agradável. Então ele olhou para o ombro dela e descobriu uma pequena tatuagem que não havia notado na noite do Lago Villarrica, talvez por causa da falta de luz ou do excesso de álcool. Era um losango com figuras geométricas inscritas no seu interior, entre as quais se destacavam dois losangos menores, um de cada lado. Ele se estendeu e o tocou.

—Não notei sua tatuagem", disse ele. "—O que é isso?

—É um símbolo mapuche", disse ela, "representando os olhos, que são o meio de ver a alma".

Daniel olhou para ela e ela pensou que ele estava olhando para ela como se fosse a primeira vez que ele o fazia.

—Você sabe que seus olhos estão constantemente mudando de cor?

— perguntou ele.

—me responderam com um sorriso, —mas eu não consigo ver bem, porque eles não conseguem olhar para si mesmos".

Daniel riu da ideia e depois ficou um pouco mais sério.

—Se os olhos são o meio de ver a alma... — disse ele, "olhando nos olhos de Camila, então eu posso ver sua alma, mas o que eu vejo nela não é o que você me diz...

—Eu tenho outra tatuagem", respondeu ela, desconfortável com a direção que a conversa estava tomando, "olha".

A menina mostrou—lhe o seu bezerro. Nela, um bando de pássaros estava voando para o céu. Silhuetas simples e elegantes representavam os pássaros.

—E isso significa alguma coisa? —assim como Daniel, admirando as delicadas formas que sulcavam a pele de Camila.

—significam o desejo de liberdade...

Daniel acariciou gentilmente os pássaros desenhados na perna de Camila, e ela se deixou fazer. Ele sentiu o calor da pele e o toque suave através da ponta de seus dedos e os deslizou lentamente pela coxa acima. Então ela gentilmente deu um passo para trás e perguntou a ele.

—Você não tem nenhum?

Daniel sorriu e tirou sua camisa. O tronco nu dele estava vazio, e Camila olhou para cima e para baixo, procurando um sinal. Ele estava animado em vê—la olhando para baixo em seu corpo e parecia perceber desejo em seus olhos. Ele virou e deixou suas costas expostas. Ele sentiu todo o processo em que eles estavam mostrando um ao outro suas peles inscritas, como uma espécie de ritual, como um intercâmbio íntimo que ia além da simples curiosidade. Na omoplata direita de Daniel havia uma árvore majestosa que enrolava lindamente seus galhos e raízes. Camila colocou seus dedos na tatuagem, como ele havia feito antes na dela, e começou a traçar suavemente os contornos da figura. Daniel sentiu um arrepio no toque suave e sedoso de sua pele.

—É uma imagem poderosa", disse Camila atrás dele.

Será que tem algum significado?

—É a árvore da vida, disse ele. Para mim é muito importante, significa a minha ligação terrena com o espiritual.

Ela não respondeu, mas continuou a vagar pelas formas inky em silêncio, como uma luz, um carinho mínimo que durou muito tempo. Daniel fechou os olhos e se deixou levar por aquela carícia sem dizer nada, sentindo a respiração da menina nas costas e o toque de seus dedos na pele. Dois ou três minutos poderiam passar assim, até que ele percebeu como as pontas dos dedos dela estavam se separando, e lhe pareceu como se uma corrente que estava circulando entre os dois durante aquele tempo se rompesse de repente.

—Vá tomar um banho", propôs Camila, "e eu vou dar uma olhada nas fotos também".

Daniel foi ao banheiro, ligou a água fria do chuveiro e deixou o jato cair sobre seu corpo. Ele estava fervendo de desejo por dentro. Aqueles poucos minutos quando ele nem tinha visto Camila, mas tinha sentido ela logo atrás dele, o excitaram ainda mais do que quando ele a segurou em seus braços no lago. Ele sentiu seus músculos contraírem—se com o contato da água fria que corria pelo seu corpo e, ao mesmo tempo, seu fogo interior lentamente se extinguiu. Ele pensou que ao sair do banheiro diria a Camila para deixá—ló, que eles não poderiam ser amigos, mas no momento seguinte ele apagou essa ideia da cabeça. Ele não queria imaginar um mundo sem a mudança da cor daqueles olhos. Ele bateu na base do chuveiro com raiva. Ele tinha que descobrir o que diabos estava acontecendo com aquela garota, qual era a dor dela. Então ele pensou ter ouvido algo através do barulho do jato de água e fechou a torneira.

—Daniel, olha só isso! —Ele ouviu atrás da porta do banheiro.

Ele se secou o melhor que pôde, se enrolou na toalha como uma tanga e foi rapidamente para o quarto.

—Acho que encontrei algo..." disse Camila animada, com algumas fotos na mão. "Olha, aqui", ela apontou para um lugar em uma das fotos.

—Não entendo... —disse ele. É só o isqueiro em cima da mesa.

—E aqui, ela apontou para outra foto.

—O isqueiro, ao lado de uma garrafa de cerveja... Quer dizer que todas as fotos mostram o isqueiro?

—Pensei no início", respondeu ela com um tom entusiasmado na voz, "porque estava em muitas das fotos".

Mas quando eu não vi em todas elas, olhei para as outras fotos em busca de algo relacionado. Veja!

É uma camiseta...

—Sim, mas olhe para o símbolo nela.

—É a cruz ancorada. Sim, eu te disse que era o crachá do meu irmão... É uma camiseta velha dele que eu guardo.

—Nas fotos em que o isqueiro não sai, a camisa sai.

—Você quer dizer que das 40 ou 50 fotos que há, não há uma que não tenha uma dessas duas coisas?

—Exatamente! —replicou a Camila triunfantemente.

—E qual é o objetivo disso?

—Pense", disse ela. O denominador comum desses dois objetos é a cruz ancorada. O que significa essa cruz?

—Não! — Acho que não é isso! —exclamou Daniel como se uma luz de repente brilhasse em sua cabeça. O denominador comum é meu irmão! Eram as duas coisas dele!

—Mas... isso torna tudo ainda mais estranho... —O que isso pode significar? Que relacionamento as fotos podem ter com seu irmão?

—Talvez alguém esteja me mandando uma mensagem...

Daniel caminhou pensativo até a janela e colocou seus braços no peitoril. Ele olhou para o céu e pensou em Benjamin. Um nó na garganta se formou e ele sentiu uma amargura vindo de dentro misturando—se com uma raiva precoce. Quem diabos estava brincando com a memória de seu irmão? Ele respirou fundo no ar da tarde da cidade, tentando esclarecer seus pensamentos. Ele olhou para a praça onde as crianças estavam jogando bola. Seu olhar vagueou sobre as árvores da frente, a fonte de pedra no centro, as fachadas cinzas devido à poluição e os veículos estacionados nas laterais. De repente ele parou em um deles e toda a raiva que havia se concentrado em seu coração foi automaticamente direcionada para o que ele estava olhando. Bem na sua frente, ao lado das crianças brincando e dos transeuntes que passavam, ele tinha estacionado um petroleiro amarelo.

CAPÍTULO 12

Edmundo Calleja tinha jantado magnificamente; aquele pequeno restaurante perto do hotel tinha sido um verdadeiro achado. Ele estava indo para sua caminhonete, satisfeito, fumando um charuto e curtindo o passeio noturno. Ele adorava começar a digestão provando a fumaça do tabaco, deixá—la ficar na boca e nos pulmões por um tempo, e depois gentilmente expeli—la. A noite era esplêndida, e as estrelas brilhavam no céu noturno de Mendoza. Ele abriu a porta da cabine e tirou um romance policial que havia deixado na porta—luvas, e antes de ir dormir ele lia um pouco. Com sua unha, ele extraiu um resíduo de comida que havia sido deixado entre seus dentes e arranhou a cabeça sobre seu jóquei preto, enquanto olhava para a superfície amarela de seu caminhão por um longo tempo. Ele decidiu que, assim que tivesse tempo, iria limpá—ló novamente. Ele gostava de mantê—ló impecável, era quase uma obsessão doentia com os cuidados do seu caminhão. A viagem de Santiago a Mendoza tinha coberto o tanque com uma fina camada de poeira, os pára—lamas e os pneus estavam um pouco lamacentos. Mas ele logo consertaria isso. Ele acariciava o tanque suavemente, como se acariciasse a barriga de uma égua. Ele deixaria o veículo dormindo lá; se ainda não tivesse sido multado, não era provável que ele fosse multado durante a noite. No dia seguinte, ele o moveria. O importante era não perder de vista a de Daniel Balmaceda. Ele fechou bem a porta do caminhão e foi para seu hotel, que ficava a cerca de duzentos metros de distância. Ao entrar no elevador, ele pensou na sua presa. Com certeza ele era um cara mimado, o típico garoto rico que nunca lhe faltou nada. Ele cuspiu no chão do elevador em fúria. Mas o homem não tinha mau gosto, ele pensou: a garota que estava com ele estava lá para lhe tirar o fôlego. Se ele pudesse apenas agarrá—la... Quando ele entrou no quarto, tirou os sapatos e sentou—se na cama. Ele lia por um tempo e ia dormir logo; no dia seguinte ele queria se levantar cedo para que as duas garotas não escapassem.

Bateram à porta; alguém estava batendo.

Ele não tinha pedido nada na recepção e não eram horas. Amanhã ele iria reclamar com o recepcionista. Ele se levantava praguejando e abria a porta. Então era como se o mundo caísse em cima dele. Sem vê—ló chegar, ele recebeu um golpe no rosto que o derrubou no chão sangrando com um lábio rachado. Surpreendido e ferido, ele tentou ver quem era seu atacante.

—Daniel! —Ele ouviu a voz de uma mulher do chão, ainda meio atordoado com o golpe. Por favor! Você me disse que não haveria violência!

—Este filho da puta vai nos dizer o que ele quer de mim!

Então ele reconheceu o de Daniel Balmaceda. Ela estava diante dele, com a cara desvendada, fora de si. Atrás dele estava a garota, segurando seu braço, como se tentasse prendê—lo. "Maldito filho da puta", ele pensou, enquanto segurava o queixo que havia sido ferido pelo soco, "agora você vai descobrir".

—Você pegou o homem errado, rapaz", disse ele enquanto tentava se levantar e bater de volta. De repente, ele sentiu sua testa sendo segurada por uma arma.

Balmaceda tinha tirado um revólver do casaco e o estava apontando para a cabeça dele à queima—roupa.

—Daniel! —Você está fora de si? —Ele ouviu a garota gritar.

O pulso de Edmundo Calleja se acelerou e ele sentiu um suor frio encharcando a testa. Ele nunca tinha tido uma arma apontada à sua cabeça.

—Escute, rapaz, acalme—se, podemos falar sobre isso", murmurou ele, engolindo sua saliva.

—Calminha, seu bastardo... —Discutiu cada vez mais nervosamente a Balmaceda. Diga—me porque você me enviou os pacotes...

Ou eu destranco a revista inteira para você!

Calleja notou que a mão de Balmaceda estava tremendo. Ela não podia dizer se era por medo, por inexperiência ou pela sua própria raiva. Em todo caso, ela achava que não era bom.

—Ouçam, eu não tenho nada a ver com esta história.

—De quem? —assinalou Balmaceda, apontando a arma para ele.

—Não posso lhe dizer isso. Estou arriscando meu pescoço", respondeu com voz abafada, sentindo o focinho da arma em sua pele.

—Você não terá seu pescoço em risco se não cantar — ameaçou Balmaceda em crescente excitação.

—Faça o que quiser — disse Calleja como uma pérola de suor escorregou pela sua têmpora.

—Você queria isso, seu bastardo! —replicou Balmaceda, empunhando sua arma. O estalido que soou quando ele puxou o martelo de volta com o polegar roncou nos ouvidos de Calleja como se fosse amplificado, como se seu som se espalhasse pela sala como um prenúncio de morte.

—Eu... —Eu não posso! —Barrava Calleja, sua boca seca de ansiedade.

—Por favor, não faça isso, Daniel, isso não é como você! —Deixou a menina segurando o braço livre de Balmaceda.

—Você não sabe como eu sou! —Gritou esta cada vez mais depois do tornado, enquanto ele a empurrava para o chão. Ele não seria o primeiro!

A menina soluçou no tapete do hotel, desesperada. A pressão da arma na testa da Calleja estava se tornando insuportável para ele. Ajoelhado no chão, suas pernas começaram a tremer.

—Muito bem... — Você ganhou! —Ele gritou: "Eu te conto tudo que você quiser saber!

Calleja, prostrado e indefeso naquela posição, admitiu ao Daniel que havia levado o pacote para o bar na estrada, mas assegurou—lhe que não sabia nada sobre nenhum outro pacote. Ele confessou a ela que também foi ele quem bateu nela quando percebeu que ela o estava seguindo. Ele explicou a ela que trabalhava na empresa de transporte em Areilza e que de vez em quando fazia alguns pequenos trabalhos para seu chefe, fora de suas funções como caminhoneiro. Aparentemente, Areilza havia pedido que ele entregasse aquela encomenda no bar e seguisse os movimentos de Daniel à distância. Para isso, ela havia escondido um localizador GPS na moto de Daniel para que ele pudesse determinar sua posição simplesmente olhando para seu celular com um aplicativo para rastrear a localização do dispositivo. Suas instruções eram para rastrear a atividade de Daniel, ver para onde ele estava indo, se ele estava encontrando alguém etc., e fornecer essa informação para Hugo Areilza. Mas eu não tinha ideia para que este o queria.

—Juro que não sei mais nada", disse Calleja com um caroço na garganta, porque Daniel nunca havia tirado o cano da testa.

—Você tem certeza de que não tem nada a ver com os outros pacotes?

—Não sei de que outros pacotes você está falando, eu juro. Se eu soubesse, por que não te diria se eu já admiti que entreguei um pacote?

Daniel olhou a Calleja pensativamente por alguns segundos, depois desatarraxou cuidadosamente a arma e a tirou da cabeça.

—Se eu descobrir que você mentiu para mim, eu juro que vou voltar e terminar o que deixei na metade da noite", disse ele, virando e saindo da sala.

—eu estou... Sinto muito," desculpou a menina com lágrimas nos olhos, e ela saiu do quarto atrás do Balmaceda, fechando a porta atrás dela.

Calleja, ainda de joelhos, notou seus esfíncteres relaxando e um líquido morno correu pela coxa embebida em suas calças.

CAPÍTULO 13

Sentados em uma das camas do quarto de hotel, Camila e Daniel ainda não conseguiam parar de rir, e o faziam desde que deixaram o hotel da Calleja.

—Não acredito que tenha corrido tão bem", disse Camila, enxugando uma lágrima da palma de sua mão.

—Você é uma atriz realizada", parabenizou Daniel, divertindo—se, e então, compondo uma expressão horrorizada em seu rosto, impôs sua voz para imitar Camila: "Por favor não faça isso, Daniel, você não é assim!

Ela riu alto, pegou a arma de brinquedo que tinham comprado algumas horas antes e apontou para a cabeça da amiga, disse ela com a voz mais gutural que conseguisse:

—Se eu descobrir que você tem mentido para mim, eu juro que volto... Daniel, incapaz de conter sua hilaridade, abraçou Camila

rindo de coração. Quando descobriram o caminhão, inventaram o plano. Eles foram a uma loja de brinquedos e compraram a arma mais realista que puderam encontrar. Depois esperaram que o caminhoneiro voltasse ao seu caminhão em um lugar onde pudessem ver sem serem vistos. Eles o seguiram até o hotel onde ele estava hospedado, e a partir daí, tudo rolou. Agora Daniel tinha Camila rindo em seus braços. A tensão daqueles dias tinha atingido seu auge no quarto da Calleja, e agora estava saindo de seus corpos na forma de risos incontroláveis. Então Daniel e Camila perceberam que estavam muito próximos, cara a cara, olhando um nos olhos do outro. Eles mal deram mais soluços e a risada parou. Ficaram ali ofegantes, olhando um para o outro sem se desviar um do outro. Daniel sentiu o hálito fresco de Camila tão perto que podia sentir seu aroma doce e quis provar a boca que o exalava. Por alguns segundos eles ficaram assim, muito próximos, olhando um para o outro, ainda, como se o mundo tivesse parado ao seu redor. Então Camila se afastou, levantou—se da cama, e se esticou um pouco como se fosse para soltar os músculos. Daniel sentiu como se um momento mágico tivesse se rompido abruptamente.

—Foi... foi muito emocionante", disse ele.

ela.

—Sim, ele concordou. —Eu nunca tinha feito nada assim antes.

—Você não acha que exagerou um pouco com o soco?

—Camila repreendeu—o com um sorriso.

—Tivemos que fazer com que fosse verdade para que ela acreditasse.

—Ele se desculpou. Além disso, eu lhe devia pelo golpe que ele me deu.

—Talvez você tenha razão — admitiu ela —, foi uma ideia muito boa que eu tentei impedi—lo.

—Sim, você se saiu muito bem", Rio Daniel. Ele era um pouco como o policial mau e o policial bom. Acho que foi isso que deu tanta credibilidade a tudo isso.

—Sim", concordou Camila. Agora temos que tirar as conclusões de tudo isso", ela acrescentou um pouco mais a sério enquanto se sentava na cama ao lado dela.

—A verdade é que, se pensarmos bem, isso pode ter se tornado mais complicado do que ficou claro", disse Daniel refletindo, acariciando a superfície da ferida em sua mão esquerda, que parecia estar começando a cicatrizar. Se esse cara nos disse a verdade, acontece que os pacotes não foram enviados pelas mesmas pessoas. —Coçou a cabeça dele em confusão. Em parte, é o mesmo que a versão de Areilza. E isso nos obrigaria a procurar por duas razões: uma para os pacotes estranhos e outra para o pacote nas fotos...

—Já..." admitiu Camila pensativa. Mas há também a possibilidade do bastardo Areilza ter mentido para nós...

—Não me parece", negou ele, "eu estava muito assustada".

—Sim, é verdade", sorriu Camila, lembrando—se do olhar de medo no rosto de Calleja, quando Daniel colocou a arma na testa dela. Mas também é possível que ele não soubesse de nada.

—Você quer dizer que foi a Areilza quem organizou as embalagens, mas o cara do caminhão só foi solicitado a entregar uma?

—É uma hipótese, —propostou ela.

—É possível", admitiu Daniel, "e isso seria muito melhor para nós, porque assim poderíamos esclarecer tudo, dirigindo nossa chance para um pássaro".

—Qual é o próximo passo então? —assumiu Camila.

— Amanhã voltaremos ao Chile e faremos uma visita a Hugo. É difícil de acreditar como esses bastardos me enganaram todos esses anos!

Então Daniel percebeu que algo não estava certo. Aos olhos de Camila, o brilho do riso de apenas alguns momentos atrás havia sido repentinamente ofuscado por um véu de tristeza.

—O que está errado? — perguntou ela.

—Não, nada...

—Você ainda está com medo por mim? —Estou. — disse Daniel.

—Sim...

—Mas agora estamos mais perto da verdade — disse ele, aproximando—se dela e levando—a gentilmente pelos ombros. Se pudermos descobrir de quem é a culpa, e por enquanto as circunstâncias apontam para Areilza, podemos expô—ló e ir à polícia.

—Sim, eu sei", disse ela de forma pouco convincente. Mas eu não sei, não tenho certeza... Talvez... Por que não... por que não vamos embora daqui, muito, muito longe... para a Europa? — Imediatamente após dizer aquelas palavras ela pareceu arrepender—se é olhou para longe dos olhos de Daniel.

—Você quer mesmo ir comigo para a Europa? — perguntou ele, acariciando a bochecha dela.

—Eu não... Eu não sei... Foi uma tolice..." — disse ela, espantada.

—Escutar", ele a tranquilizou, "nada tem que acontecer". Eu sei que saímos do Chile porque você achou que seria mais seguro fora do país". Mas você viu que fomos seguidos até aqui... Temos que voltar a Santiago e fazer uma segunda visita à Torre de Titânio. É a única maneira de chegarmos ao fundo disto de uma vez por todas.

—Eu sei..." ela admitiu em um sussurro. Mas me parece que cada dia que passa se aproxima para ser o último...

Daniel sorriu suavemente para ele. Ele arrancou um cabelo da testa dela e resolveu vir limpo com ela.

—Camila, eu... —Não sei o que tem acontecido hoje em dia. Eu tinha jurado não me atirar em nenhuma mulher, pelo menos por um tempo...

—Daniel... — Ela começou a dizer, mas ele calou a boca colocando gentilmente um dedo sobre os lábios.

—Deixe—me falar, por favor", disse ela. Isto está me custando"... Camila acenou com a cabeça.

—Depois de eu ter terminado com Andrea — continuou ele — não tive outras relações sérias e prometi a mim mesma que levaria algum tempo para voltarmos a ficar juntos. Eu queria ser livre, deambular sozinha, quando queria e como queria, sem ter que dar contas a ninguém. —Ele parou por um momento e olhou para ela, como se tentasse escolher cuidadosamente as palavras que ia dizer, e respirou fundo antes de continuar. Mas desde que eu a conheço, algo tem se mexido dentro de mim. Eu tenho sentido muitas emoções confusas. Não sei se é por causa das fotos, ou dos pacotes, ou por quê, mas lá está você sempre. Você na sua moto. Andando nas estradas. Na minha frente... e... e... faz muito tempo que não me sentia tão feliz quanto quando andávamos juntos... você e eu, no asfalto...

—Daniel..." ela mal repetiu em um sussurro.

—Escuta", ele interrompeu. Você mesmo o disse. Nós temos uma música juntos, lembra? Quando a estrada vira, eu me deixo levar... Bem, eu me entusiasmo por você, me entusiasmo por essa música, pela música da estrada que cantamos juntos. Você e eu...

—Sim", ela disse com tristeza, "você e eu cantamos uma canção". Mas você está cantando uma canção que você não sabe o nome de...

—Como assim? — perguntou ele.

Ela ficou em silêncio enquanto olhava pela janela, da qual você podia ver a lua minguante no céu noturno.

—só sei uma coisa, Camila — disse ele — e é que eu não posso continuar assim. Estou pedindo que você me agarre, me aperte com todas as suas forças e não me deixe escapar... Ou, se você não pode fazer isso, para me deixar ir, para me libertar... para me deixar ir...

Camila olhou para Daniel em choque e quando sentiu as lágrimas bem nos olhos, baixou a cabeça e permaneceu em silêncio.

Ele, repetindo o gesto íntimo e terno com que havia tomado o queixo dela no dia anterior, a segurou gentilmente novamente e levantou o rosto para olhar nos olhos dela. Umedecidas pelas lágrimas, elas eram ainda mais bonitas, e Daniel sentiu uma dor aguda em seu peito ao olhar para elas. Ela não desviou o olhar, ela ficou parada, impotente, como uma lebre pequena presa em uma armadilha, incapaz de se mover. Ele a tinha lá, a apenas alguns centímetros dele, e achava que eles estavam muito perto para ficar assim, naquela distância mínima, por um longo tempo. Que essa proximidade só poderia ser resolvida de duas maneiras: ou tirando a mão do rosto e afastando—se dele ou se aproximando mais. Ele escolheu esta última e começou a aproximar seus lábios dos de Camila. Camila ficou imóvel, como se nada pudesse fazer para não receber aquele beijo, como se, apesar de sua vontade de impedi—ló, algo naquela situação, na sala, no seu próprio destino, a impedisse de se afastar.

De repente, houve uma batida na porta. Pela segunda vez em pouco tempo Daniel sentiu a magia quebrar e olhou com raiva para o lugar de onde a interrupção estava vindo. Era um pouco rebuscado, como se algum gênio malvado estivesse pregando uma peça nele, permitindo que ele se aproximasse do fruto desejado que satisfizesse sua fome, permitindo que ele chegasse até a árvore de onde estava pendurado e a escovasse com os dedos, para derrubá—la sem aviso. Ele quase parecia ouvir o riso daquele espírito maligno.

— Espero que seja algo importante", grunhiu ele, dirigindo—se à porta.

—Espera! — ela o parou com a mão: "Não sabemos quem ele é".

Camila se aproximou da cama e entregou a arma de brinquedo a Daniel. Ele notou o medo nos olhos dela, pegou a arma e se aproximou da porta com cautela. Uma vez lá, ele perguntou:

—Quem é?

—Serviço de recepção, senhor", disse uma voz atrás da porta, na qual imediatamente reconheceram o paquete que lhes havia mostrado seu quarto. Há correio para você.

Daniel trocou um olhar estranho com Camila, escondeu o revólver no bolso traseiro das calças e abriu a porta.

—Isso chegou para você, senhor", disse o paquete com um sorriso amigável, enquanto lhe entregava um pacote embrulhado em papel pardo. Não era a primeira vez que Daniel via um pacote exatamente assim, e ao pegar a pequena caixa em suas mãos, ele pensou que talvez fosse verdade o que a sabedoria popular dizia: Não importa o quanto se tente, ninguém pode escapar do seu destino.

CAPÍTULO 14

Uma boneca carbonizada com os braços para baixo, como Areilza nos tinha dito", disse Daniel, contemplando a figura enigmática que ele segurava com alguma apreensão entre os dedos. Mas no caso dele veio no pacote número quatro e no meu já é o quinto pacote.

—Talvez ele não estivesse mentindo... —Planeou Camila pensativamente.

—ou talvez ela estivesse", disse Daniel. Se ele ia me enviar este pacote, ele sabia o seu conteúdo de antemão. Ele simplesmente tinha que me dizer que tinha recebido um pacote com conteúdo similar ao que ele ia me enviar.

—Mas qual era o objetivo disso? Se no final é a sua morte que ele está atrás, então por que todos esses pacotes?

—É isso que temos que descobrir", disse Daniel, colocando o boneco sobre a mesa na sala e limpando os pedaços de fuligem que ele tinha deixado nos dedos.

Então, depois de pensar por um momento nas palavras dele, ele acrescentou: "E devemos fazer isso logo, porque este é o meu último pacote.

—Você deve... você deve ir", disse Camila. "Vá embora... para a Europa... para o Canadá".

—Vai? —assimou Daniel. "Não é mais "ir"?

—Não", respondeu ela, indo até a janela e deixando o ar noturno acariciar o rosto dela. Vá sozinha e não me diga para onde está indo.

—Escute", disse Daniel, aproximando—se dela e levando—a pela cintura, "antes, logo quando bateu à porta, me pareceu

—Por favor, Daniel", ela o interrompeu sem dar a volta.

Eu não consigo... você não entende...

—Bem, me explique", disse ele ternamente.

—Não posso — respondeu ela, olhando para a lua minguante, que na época estava escondendo parte do seu rosto visível atrás de um prédio. Você me disse antes para levá—la ou deixá—la ir. —Ela se voltou para ele e o olhou com tristeza nos olhos. Certo, eu vou deixá—ló ir.

—Não tem que ser assim", protestou ele. Mas o protesto dele veio sem força, com um toque de exaustão na voz que ele não esperava que ela mudasse de ideia.

—Eu tenho sido muito egoísta em lhe dar esperança — disse ela, separando—se dele e indo para a cama onde as fotos ainda estavam espalhadas. Ele pegou uma delas e ficou ali olhando para ela em silêncio.

—Há mais alguém? — perguntou ele, apoiando—se no parapeito da janela e olhando para fora como se ele não quisesse vê—la, como se olhar para aquela mulher que ele sabia que não seria dele o magoaria.

—Não é isso", respondeu ela. Não é isso", respondeu ela.

—Não importa", disse ele. Temos idade suficiente para saber o que queremos". Você do seu lado e eu do meu".

—Please leave Chile", insistiu ela.

—Não comece", resmungou ele. Se você não quer ter nada a ver com a minha vida, deixe—me tomar minhas próprias decisões.

Camila preferiu ficar quieta. Ela olhou silenciosamente para as fotos por cima da cama. Não havia nada que ela pudesse dizer a Daniel para aliviar sua dor, então ela preferiu tentar enganar sua própria dor, desviando sua mente para outra coisa. Ele a colocou nas fotos na sua frente. O que eles poderiam significar? Que relação poderiam ter com o irmão de Daniel se, como ele disse, essa era a conexão entre eles? De sua parte, Daniel não conseguia pensar em nada. A raiva percorreu o corpo dele. Ele queria sair de lá imediatamente e nunca mais ver Camila, descer as escadas, pagar o hotel e voltar para Santiago de motocicleta naquela noite. Ele até teve a ideia de ir à casa de Hugo Areilza, tirá—ló da cama e espancá—ló até que confessasse tudo. Então ele percebeu que estava delirando. Ele não era assim. Ele não era um valentão. Ele precisava se acalmar. Ele tirou um cigarro do pacote e colocou—o na boca dele. Ele acariciou a ponta do dedo sobre as iniciais e a cruz inscrita no Zippo e sentiu o nó da dor na sua garganta. Acendeu o cigarro e inalou a fumaça profundamente, segurou—a em seus pulmões por um momento e depois exalou—a na noite de Mendoza, como se quisesse expelir com ela todo o peso acumulado em seu coração. A fumaça veio entre seus olhos e a lua, que mal era visível atrás da fachada do prédio que a escondia. Após alguns momentos, a menor parte do disco branco ficou completamente escondida, deixando como único testemunho de sua presença uma auréola azul brilhante. A praça, até então iluminada, estava tingida com uma luz mais fraca e amarelada das luzes da rua que a rodeavam. Daniel olhou para a praça vazia. Não havia mais pessoas, nem barulhos, nem crianças brincando ao redor. Até mesmo o jato da fonte havia parado de fluir. Parecia—lhe uma metáfora para o que estava acontecendo lá dentro. A raiva que ele sentia por não poder saber, por não entender qual era a dor daquela garota, qual o motivo de sua recusa em obedecer ao seu coração, tinha dado lugar a uma dor insuportável e a um desânimo insuportável. Ele a sentiu atrás dele, na cama, mas não quis olhar para ela. Ela era como a lua, escondida dos olhos dele, não mais oferecendo—lhe a sua luz. Ele achou que seria insuportável olhar para ela novamente. Mas ele não podia ficar a vida toda olhando para aquele quadrado silencioso e vazio. Ele deu outro sopro e jogou as cinzas no vazio. Então ele olhou para as brasas brilhantes de seu cigarro e soltou a fumaça sobre ele, fazendo com que algumas pequenas faíscas luminosas se apagassem e se perdessem no ar. Novamente, ele deixou seu olhar cansado cair sobre o quadrado solitário, e então seus olhos se abriram de surpresa.

—Ela desapareceu! —exclamou ela.

Camila correu para a janela e viu por si mesma. O petroleiro tinha desaparecido.

—Por que ele desapareceu? —Perguntou ela: "Você vai viajar a noite toda para Santiago?

—Não sei, talvez o cara ainda esteja aqui em Mendoza, mas ele foi para outro lugar, então não podemos alcançá—lo.

—Você acha que foi ele quem trouxe a caixa?

—É possível... embora... ele tenha parado, como se de repente tivesse percebido algo e exclamado: "Nós parecemos idiotas!

Ele foi até a porta e a abriu.

—Eu já volto", disse ele.

—Eu vou com você, —replicou Camila ao sair da sala com ele.

—Como você quiser", Daniel aceitou com relutância. Enfim, não estamos indo muito longe.

Eles desceram no elevador para o andar térreo sem olhar um para o outro ou conversar. Uma vez lá, Camila seguiu Daniel até a recepção, onde o recepcionista lhes deu um largo sorriso sob o seu bigode mínimo e preguiçoso.

—Boa noite", disse Daniel. Estamos na sala.

Há cerca de dez ou quinze minutos recebemos uma encomenda. Você poderia falar com o paquete que fez o upload?

O recepcionista levantou as sobrancelhas com uma expressão de surpresa.

—Ele não fez nada de errado...

—Não, não", Daniel se apressou para tranquilizá—lo. Eu só queria lhe fazer algumas perguntas sobre a pessoa que trouxe o pacote.

—Desculpe — respondeu ele, colocando o sorriso gentil de volta no seu rosto. Você acabou de sair, seu turno acabou.

—Merda", Daniel murmurou frustrado.

—Você estava aqui quando eles o trouxeram? —A Camila interveio.

A recepcionista olhou para ela como se soubesse que ela estava lá e respondeu sem desfazer o sorriso.

—É isso mesmo, senhorita.

—Great", exclamou Daniel, "você poderia me descrever isso, por favor?

A recepcionista soltou um pouco a tensão em seu sorriso, como se não ousasse apagá—ló completamente, mas levantou um pouco o queixo, como se pudesse olhar para seus interlocutores a uma certa distância moral. Com os olhos queria mostrar—lhes que não achava relevante esse questionamento, mas com a boca dizia ele:

—Claro, senhor.

Então ele estreitou ligeiramente os olhos e olhou para um ponto indefinido acima dos clientes, como se estivesse tentando se lembrar. Daniel e Camila ouviram pacientemente a resposta, que parecia demorar mais do que o necessário.

—Eu era um cavalheiro", disse ele, finalmente.

—Você não poderia ser um pouco mais explícito? —perguntou Daniel, que estava começando a ficar impaciente.

—Ele devia ter uns trinta e oito ou quarenta anos de idade, cabelo curto e escuro, de constituição normal", descreveu o recepcionista, tentando dar a impressão a cada palavra de que o que lhe estavam pedindo estava completamente fora de ordem.

—Há algo que o caracterize, algo que possa me dar informações sobre essa pessoa?

O recepcionista olhou para o seu interlocutor como se ele estivesse ultrapassando os limites da razão.

—Você vai entender que este pedido é absolutamente incomum', ele limpou levemente enquanto acariciava seu magro bigode com o dedo. Além disso, eu não sei até que ponto estou autorizado a fornecer este tipo de informação...

—Eu sei que pode parecer estranho", Daniel correu para improvisar, "mas eu acho que esta remessa foi um erro, e nós precisaríamos conhecer o remetente para devolvê—la". Você estaria nos fazendo um grande favor se pudesse nos ajudar.

—Sinto muito, senhor, não consigo pensar em mais nada para dizer.

—Ele estava usando um uniforme? —Ele estava vestindo uma etiqueta de cachorro?

—Não, senhor. Ele estava vestindo roupas civis.

—Vamos embora, Camila," inalou Daniel irritantemente, desistindo, "nós não vamos conseguir nada aqui".

—É uma pena", disse a mulher, estendendo a mão no bolso das calças e tirando um bilhete que ela tinha depositado no balcão, "porque essa informação poderia ter sido muito útil... para todos". —Ele disse isso, colocou a mão no bilhete, e olhou de forma significativa para a recepcionista.

Daniel olhou para ela com surpresa e admirava a atrevimento com que ela havia formulado aquelas palavras. Ele não podia deixar de sorrir, e aquele sorriso parecia lavar toda a amargura que havia se instalado nele alguns minutos antes. Ele pensou tristemente que essa garota tinha algo que poderia curar suas feridas em questão de segundos. Foi uma pena que tenha sido ela também quem as infligiu.

Os olhos da recepcionista brilhavam ao ver o bilhete.

—agora que eu me lembro", disse ele, espalhando um sorriso de hiena no rosto novamente, "eu me lembro de uma característica do homem que trouxe o pacote".

—O que é isso? —assomou Camila sem levantar a mão do dinheiro.

A recepcionista olhou com avareza para a conta e respondeu:

—Ele era um índio Mapuche.

Daniel olhou para Camila perplexo. Ela olhou para a recepcionista e deu a ele o mesmo sorriso falso que ele, ao pegar o bilhete do balcão e colocá—ló de volta no bolso.

—Ele disse: 'Você tem sido uma grande ajuda para nós'. Boa noite", disse ele.

—Boa noite', disse o recepcionista, tentando esconder atrás de seu sorriso desbotado a raiva e a perplexidade que ele sentia na época.

Uma vez na sala, Daniel e Camila estavam falando sobre a peculiaridade do mensageiro: um índio Mapuche. Esse povo se espalhou por grandes áreas no sul do Chile e, embora em menor grau, na Argentina, o que tornou possível supor que o índio que trouxe o pacote pudesse ser argentino. De qualquer forma, isso era improvável; muito provavelmente era um simples mensageiro de quem estava fazendo as remessas, então talvez tenha sido um índio chileno que tinha ido para lá com a única missão de fazer a entrega. Mas como ele sabia que estava lá? Será que ele os tinha seguido tão bem quanto Callejas? Estava ficando cada vez mais confuso, mas em todo caso, eles tinham mais uma informação: Callejas não tinha sido a que tinha feito a entrega.

Daniel se sentiu confortado. Não por causa das novas informações que haviam obtido, que não haviam realmente avançado sua investigação, mas porque haviam conversado com Camila novamente como se nada tivesse acontecido. Isso tinha acontecido mais de uma vez entre eles. Apesar da raiva, qualquer pequeno evento, por menor que fosse, os fez esquecer imediatamente sua raiva, e compartilharam a mesma cumplicidade e bom humor de sempre. Eles eram uma boa equipe, Daniel pensava no que um não podia fazer, o outro sim, e quando um não sabia como seguir em frente, o outro descobriu uma saída. Eles se complementavam perfeitamente, não só pelo amor à estrada, mas, em geral, pela maneira de ver a vida e de enfrentá—la. Por isso foi ainda mais doloroso perdê—la. Em todo caso, ele decidiu não mencionar novamente a disputa daquela noite. Ele não queria perdê—la de vista. Pelo menos ainda não. Ele ainda tinha alguma esperança de que ela mudasse de ideia, ou pelo menos lhe desse uma razão para não poder estar com ele. Ele decidiu ficar ao lado dela pelo menos até que o mistério das caixas estivesse resolvido. Ou até que esse mistério o matasse.

—Mas se o cara do caminhão não fez isso, talvez Areilza nos tenha dito a verdade", disse Camila.

—Eu acho que não", objetou Daniel, "ele poderia ter enviado seu capanga para nos vigiar e o outro cara para fazer a entrega". Isso explica tudo", disse ele, "seria melhor se eles soubessem que estávamos aqui". Acho difícil acreditar que haja tantas pessoas nos seguindo". Eles teriam que colocar outro GPS na moto para detectar nossos movimentos ou teriam nos seguido de perto desde Santiago...

—Sim, você está certa", admitiu Camila, "parece uma ideia absurda". Além disso, sabemos que Areilza mentiu para nós, já que foi ele quem enviou o quarto pacote. Se ele mentiu para nós sobre uma coisa, ele poderia ter mentido sobretudo.

Naquele momento, o celular de Daniel tocou.

—Acho que vamos descobrir em breve", disse ele, olhando para a tela de onde veio a ligação. É Andrea.

Daniel respondeu, e pela maneira como sua expressão mudou, Camila sabia que algo não estava certo.

—Lamento muito, Andrea", disse Daniel finalmente. Estou na Argentina agora, mas assim que puder vou para lá... Sim, é claro... E qualquer outra coisa que você precise, você sabe... Um grande beijo.

Quando Daniel desligou, Camila não precisava perguntar o que tinha acontecido. Mesmo assim ela olhou para ele sem dizer nada, esperando que ele confirmasse os seus medos.

—Areilza cometeu suicídio, disse Daniel. Ele estava usando uma máscara de pássaro.

CAPÍTULO 15

No caminho de volta ao Chile eles encontraram um grupo de motoqueiros. Aquele que parecia ter a voz principal, Manuel, um cara no início dos anos 50, com longas barbas de profeta, um brinco dourado e um magnífico Kawasaki feito sob medida em cores brilhantes, os convidou para compartilhar a estrada. "Como irmãos da estrada", disse ele com uma boa risada. Apesar de Daniel sempre ter sido um cavaleiro livre, um lobo estepe que gostava de passear e apenas seguir seus próprios instintos, ele também gostava da gregaridade da inclinação do motoqueiro, a sensação de estar cercado pelo calor da alcateia. Uma das primeiras coisas que aprendeu quando começou a pilotar sua moto foi algo que lhe foi ensinado por um motociclista velho e experiente que conheceu em uma casa de estrada e que o lembrou um pouco do excêntrico Manuel: havia uma diferença importante entre um motociclista e um motociclista. O primeiro é alguém que anda de moto, e lá fica todo mundo que dirige um carro, que pode mais ou menos aproveitar o passeio, mas, grosso modo, tudo o que ele faz é usar um meio de transporte para ir de um lugar para outro. O segundo, o motociclista, é alguém que se funde com a moto, que de certa forma fez sua vida que andando na estrada, ao ponto de não mais conceber uma coisa sem a outra. É aquele que se sente mais confortável em uma motocicleta do que em qualquer outro lugar, e que, desde o primeiro dia em que a pilota, assim como aconteceu com ele, sente o gosto do som da liberdade, que é o som do motor. O motociclista se sente enfeitiçado, tomado tanto pelo cheiro de gasolina e asfalto quanto pela respiração de uma mulher e, por mais independente que seja, está sempre pronto para compartilhar aquele habitat do qual poucos escolhidos participam, aquele mundo comum que é a estrada, com aqueles que conhecem seus pares.

Naquele dia, o caminho estava livre, e eles podiam rolar em ritmo. A subida até a fronteira chilena foi suave e cheia de nuances e cores. Os cumes os rodeavam ao passarem e pareciam saudar a passagem dos cavaleiros do asfalto com suas frentes geológicas. De repente, Manuel, que estava à frente do comboio, apontou para eles com a mão para cima, e eles puderam ver um belo falcão pardal majestosamente sulcando os céus. Foram coisas assim que fizeram Daniel amar a vida no asfalto, abrindo sua existência a todas as possibilidades, nunca sabendo o que se poderia encontrar. Ele foi dominado por um sentimento solene, quase rebelde, enquanto observava o vôo do pássaro evoluindo sobre a antiga rocha recortada contra o céu. Ele sentiu de alguma forma parte de tudo isso, como se o caminho, sua Meia—Noite e a Natureza transcendessem sua própria vida e lhe dessem um novo significado, mais rico, mais poderoso, que o ligava a algo muito maior do que ele mesmo. Continuaram com o grupo até passarem a fronteira com o Chile, mas, embora Daniel sentisse a corrente de fraternidade que percorria a fila de motos, na realidade ele estava sempre sozinho quando andava de moto. Era como naqueles filmes espaciais em que uma nave entra no cosmos a velocidades ultra—sônicas. Tudo ao seu redor parece desaparecer e passa por uma barreira multidimensional envolta em muitos flashes coloridos. Ele, com sua motocicleta, entrava na massa de ar à sua frente e às vezes, quando andava em alta velocidade, era como se tudo desaparecesse, as rodas, a estrada, a própria motocicleta, para deixá—ló sozinho com o vento, flutuando como aquele falcão pardal que você acabara de ver. Mas mesmo quando a velocidade era mais lenta, pilotar sua moto significava que Daniel estava de certa forma se afastando do mundo, forçando o vento a empurrá—ló, atraindo o ar e, como nos filmes do espaço, entrando em outra dimensão. E, nessa dimensão, sua mente parecia se mover mais livremente, mais suavemente. Pensamentos, problemas, preocupações, que normalmente se agarravam ao seu cérebro como pequenos insetos, pareciam cair, circular suavemente na sua cabeça sem pousar em lugar algum. Essa viagem foi em grande parte catártica para ele e permitiu—lhe, se não esquecer, suspender a ameaça de morte que pairava sobre sua cabeça, e amortecer um peso que gravitava sobre ele com ainda mais força do que o medo do que poderia acontecer com ele: o medo de perder Camila.

Continuaram seu caminho sozinhos para Santiago e pararam para almoçar no

maneira. Eles estavam impregnados com os cheiros da viagem, das montanhas, do oxigênio, da seiva, da benzina. Cada pequena fragrância que o ar trazia estava aderida à sua memória e sempre, após uma longa viagem, retinham por muito tempo dentro de todas aquelas sensações que haviam sido impregnadas pela estrada. Nem ela nem ele mencionaram em nenhum momento a discussão do dia anterior, como se ela nunca tivesse acontecido. Daniel era grato por esse silêncio; não queria direcionar suas energias para algo que parecia não ter solução e que só o deixava triste e deprimido, o que não era a melhor maneira de descobrir quem havia enviado os pacotes. O tempo estava se esgotando; o quinto pacote já havia sido enviado a ele e ele era o único dos cinco parceiros corporativos ainda vivos. A conversa durante a refeição focou nos possíveis movimentos a serem feitos a partir de então. Camila disse a ele que deveria ir à polícia, que não valia a pena fazer de herói, e que não parecia haver onde se esconder daquele terrível ameaça. Ele prometeu investigar, mas primeiro ele queria investigar todas as possibilidades. O fato de o mensageiro que carregava o pacote ser da raça Mapuche abriu outra linha de investigação, que, embora fraca, poderia esclarecer o mistério. Caso contrário, a refeição foi relaxada, e eles brincaram e se provocaram novamente, como se ambos estivessem tentando lutar com piadas e bom humor aquele pesadelo para o qual o destino os havia arrastado.

Quando chegaram à capital, foram para o departamento

de Daniel em Providência, noroeste de Santiago. Lá eles se encontraram com Mapuca, a mulher que havia sido governanta de Daniel quando criança e que agora estava encarregada de limpar sua casa, passar roupa e outras tarefas domésticas.

O motivo pelo qual a conheceram não era menor, considerando as novas circunstâncias que apareceram no local: ela era de descendência mapuche.

—É um ótimo bairro onde você mora", exclamou Camila quando estacionaram suas motocicletas. É um luxo e tanto!

—Bem, não é o mais elitista de Santiago", Daniel tentou jogar para baixo, "embora seja agradável e aconchegante".

—Por vezes eu venho com amigos a um lugar local", disse ela, "há lugares muito legais... Talvez nos tenhamos conhecido em algum mergulho".

—Duvido. Eu não teria esquecido...

Daniel se arrependeu logo quando disse isso. As coisas estavam fluindo entre eles agora, e ele preferiu manter assim. Toda vez que se mencionava algo que tinha a ver com seus sentimentos por ela, ou os dela por ele, uma sombra parecia surgir entre os dois, o que fazia tudo parecer tão estranho. Para não deixar essa sombra aparecer, Daniel desviou sua atenção de suas palavras para outro lugar:

—Vejam, aí está meu apartamento", disse ele, apontando para um prédio com entrada delimitada por uma sebe de cipreste perfeitamente cortada com canteiros de flores em sua base.

—Opa", exclamou Camila, "que prédio lindo!

—Não é tão ruim assim", riu Daniel, "você vai ver que dentro não é muito grande".

—Você vai pensar que eu sou uma garota da vila", disse Camila de repente, um pouco envergonhada.

—Por que eu pensaria isso?

—Não sei... —Eu já estive em lugares como este antes, não acha? Você não é a primeira amiga rica que eu tive...

—Eu não acredito em nada", disse ele, um pouco irritado. Ele sentiu uma pitada de ciúmes ao pensar no significado que ela daria à palavra 'amigo'.

—Não me escute", disse ela, corando e olhando para baixo. Talvez eu esteja dizendo algo bobo... Estou cansada da viagem.

Daniel achou que esse corar lhe convinha muito bem e arrancou o cabelo do rosto, disse ele:

—Eu gosto das suas besteiras.

Eles entraram e cumprimentaram o porteiro. O acesso ao elevador foi feito com uma pequena chave que cada dono tinha. Uma vez lá dentro, a chave também era necessária para se mudar para os diferentes andares. No décimo andar, as portas do elevador se abriram, levando diretamente a um pequeno saguão no próprio apartamento, que por sua vez dava acesso a uma grande sala de estar. Camila a reconheceu imediatamente a partir das fotos.

—Entras diretamente do elevador para o seu apartamento? — perguntou ela, surpresa.

—Sim", disse Daniel. Mas você também pode entrar por uma porta dos fundos.

—E alguém no prédio tem acesso à chave do elevador? Eu posso ver pelas fotos...

Daniel não pôde responder porque alguém saiu de um corredor de repente. Foi o Mapuca, que veio até ele de braços abertos.

—Como está meu garoto? — disse ele, abraçando—o e enchendo—o de beijos.

—Não é mais tão jovem, Mapuca", ele respondeu um pouco envergonhado, beijando sua velha babá também.

—Para mim, você sempre será", disse ela, com um grande sorriso. Então ele olhou para Camila sem parar de sorrir e perguntou:

E quem é essa linda garota?

Daniel fez as apresentações e Mapuca abraçou e beijou Camila como se ele a conhecesse há anos. Ela era uma mulher morena, provavelmente de cinquenta e poucos anos, embora seu rosto estivesse desgastado e ela se parecesse mais com ela. Talvez a vida não a tivesse tratado bem, pensou Camila. Ela era um pouco gordinha e baixa, mas parecia estar transbordando de energia. Ela usava um laço grosso na parte de trás do pescoço, o que lhe dava um ar elegante, embora na época ela estivesse usando um avental branco. O rosto dela mostrou imediatamente a sua ascendência Mapuche.

— Agora você me diz aquela coisa misteriosa que quer me dizer — disse a mulher, desaparecendo por um corredor —, mas primeiro vou fazer um bom café para você.

Daniel aproveitou a oportunidade para mostrar o apartamento para Camila. Era um lugar aconchegante, com móveis de grife e decorado de maneira moderna, mas casual, sem luxos supérfluos. A vista de suas janelas mostrava um belo panorama da cidade. Ambos tiraram os casacos e Camila, que estava usando um top de tanque, deixou seus belos ombros visíveis. Depois de um tempo, a Mapuca apareceu com uma bandeja contendo café acabado de fazer, leite e um sortimento de bolachas de chá.

É bom para lamber os dedos, você vai ver! —disse ele enquanto despejava o café e o leite nas xícaras.

Daniel lhe explicou a história sem deixar de lado nenhum detalhe, mas com muito cuidado para não assustá—la o máximo possível, apesar de saber que era inevitável que ele fosse afetado pelo conhecimento desses fatos, pois o amava muito e sua vida estava em perigo. Ela escutava atentamente sem interromper em momento algum, embora a expressão em seu rosto mudasse conforme a história avançava e, durante todo o tempo em que ela durou, ela foi santificada repetidamente.

—Por Ngenechen! — exclamou ele quando Daniel terminou. E por que você não foi à polícia, meu rapaz?

—Queria descobrir por mim mesmo o que tinha acontecido

—Mas eu também não sei o que eles vão fazer. Eles vão colocar um agente em mim, me vigiando 24 horas por dia? Tenha em mente que realmente não houve nenhum assassinato. Todas as quatro mortes foram suicídios...

—Não sei, Daniel, acho que você ainda deve ir à polícia, —insistiu ela. Depois, dirigindo—se à Camila, acrescentou num tom lamentável: "Você não acha, garota?

Camila teve piedade da mulher. Milhares de amargos do passado foram refletidos em seu rosto, uma história inteira trancada naquelas rugas que pareciam legíveis só de olhar para ela. Ela não sabia o que havia passado em sua vida, pois não a conhecia, mas a afligia ter que acrescentar mais uma dor à pilha de sofrimento que ela adivinhou naquele rosto. Suavemente pegando sua mão remanescente, ele respondeu:

— "Já lhe disse mil vezes, mas você não me ouve.

—Se ele não te escuta, ele fará menos comigo", disse Mapuca, tentando segurar uma lágrima que estava lutando para sair.

—Nós queríamos te perguntar algo, Mapu", disse Daniel. Mas primeiro, eu gostaria que você me dissesse se consegue pensar em quem foi capaz de tirar as fotos durante esses anos... Você conhece bem a todos...

O Mapuca se levantou e foi até um móvel na sala, do qual extraiu uma garrafa de licor.

—Não quero dar uma má impressão à sua namorada", disse ele, "mas acho que preciso de uma bebida agora". Você gostaria de um pouco?

Daniel praguejou para si mesmo. Por que todos estavam tão interessados em atribuir um relacionamento com Camila a ele? Ambos recusaram a oferta e o Mapuca, tirando um copo de uma prateleira no mesmo armário, despejaram o líquido de cobre nele e tomaram uma bebida. Então ele voltou para a mesa. Camila achou que seu rosto havia sido transfigurado, como se fosse outra pessoa. A mulher que os observava daquela cadeira parecia agora estar fervendo com o sangue ameríndio milenar que corria por suas veias.

—Esqueça as fotos, rapaz", disse ele num tom de voz que não podia ser respondido. Isso agora não é importante. Pelo que você me disse, elas foram enviadas pelo pai de Andrei e ele é um dos mortos. Você terá tempo para descobrir quem os levou e por quê. O importante agora é que você volte sua atenção para os outros quatro pacotes.

Camila ficou maravilhada com a lucidez e a certeza com que aquela mulher de repente falou. Alguns momentos atrás, ela a havia visto desanimada e derrotada, e agora seu rosto irradiava força e determinação.

—Não sei se vou ter tempo de descobrir alguma coisa", disse Daniel pensativamente. Eu já recebi cinco pacotes. O tempo extra que eu deveria estar vivo é um presente.

—Não diga isso", protestou Camila.

—Pense, rapaz! —Pus o Mapuca em cima da mesa. Você ainda não recebeu o quinto pacote. O pacote com as fotos não conta. —Ele tomou mais uma bebida curta de seu copo e acrescentou: "Dê—me um desses seus charutos.

—Se é como você diz, ainda temos algum tempo", disse Daniel, oferecendo tabaco Mapuca. Depois de dar—lhe lume, ele também acendeu um cigarro e deixou o isqueiro em cima da mesa. O Mapuca pegou—o e olhou as iniciais gravadas nele enquanto expulsava a fumaça do tabaco.

—Você sente falta dele, não sente?

—Sempre", respondeu Daniel com tristeza.

Mapuca olhou para Daniel e finalmente soltou aquela lágrima que ele estava segurando. Ele imediatamente a enxugou com a palma da mão, como se quisesse deixar claro que não havia espaço para tais coisas naquela época.

—O que você queria me perguntar? — disse ele.

—Você sabe que a pessoa que trouxe o quinto pacote... bem, o quarto, se não contarmos o que está nas fotos, era um índio Mapuche...

—Sim.

—Queríamos saber se você encontra alguma relação entre o conteúdo das embalagens e a cultura Mapuche...

—Por que você acha que pode haver uma conexão, garoto? —Não sei.

—Ele perguntou com uma certa irritação na voz. Parece sempre que os Mapuches são os culpados por algo...

—Não é isso, Mapuca — disse Daniel — é que é a única coisa a que temos que nos agarrar.

—Deixe—me pensar", disse Mapuca, dando uma passa no cigarro dele e expulsando da boca dele alguns pedaços de fumaça que se esgarçaram enquanto subiam no ar. Uma aranha, uma galinha com a garganta cortada, um monte de insetos e uma figura de madeira queimada, certo?

—É isso mesmo.

A mulher olhou para baixo, como se estivesse perdida em pensamentos, e ficou assim por um minuto ou dois. Seus dedos desenhavam formas ausentes, com um pouco de açúcar que havia sido espalhado sobre a mesa. Finalmente, ela olhou para cima e disse:

—Eu acho que posso fazer alguma conexão entre o conteúdo das embalagens e algumas tradições mapuches que um dia ouvi do meu avô. É só suposição, é claro, porque eu mal me lembro dos detalhes, mas talvez eles ajudem.

—Obrigado, Mapuca, nos diga", disse Daniel com um brilho de esperança em seus olhos.

—Eu gostaria de te perguntar algo primeiro, meu rapaz", disse Mapuca, apressando seu charuto.

—Vá em frente", concordou Daniel.

—Por que você veio me perguntar sobre os Mapuches, quando você tem um ao seu lado?

Daniel olhou para Camila com perplexidade. Os lindos olhos de Camila brilharam na luz da tarde que inundou o apartamento com suaves tons de âmbar.

CAPÍTULO 16

Isto é verdade? — perguntou Daniele à Camila, perplexa. Você é um Mapuche?

—Não... — ela respondeu hesitante. Bem... minha avó pertencia ao povo Mapuche, mas isso não faz de mim um deles...

—Você tem vergonha de ser? —Mapuca perguntou com uma expressão altiva em seu rosto desgastado.

—Não, não... de jeito nenhum... Eu só não gosto de me definir... Acho que as pessoas não podem ser colocadas em categorias fechadas... Camila tirou o cigarro dos dedos do Daniel, colocou—o na boca e inalou nervosamente a fumaça. Quando ela o liberou, acrescentou: "Sou uma pessoa livre e a única coisa que me define são as minhas próprias ações, não uma certidão de nascimento.

—Eu gosto da sua filosofia", disse Mapuca, relaxando um pouco a seriedade do seu semblante.

—Mas... como você soube... — — perguntou Camila.

—Os anos tiram a visão dos olhos, mas aguçam a experiência.

—replicou o Mapuca, saboreando a bebida de seu copo. Há pequenos traços em seu rosto que, a um olhar perito como o meu, dão aquele sangue do nosso povo que corre em suas veias.

—só por causa disso você sabia? —Perguntou Daniel, espantado.

Eu nem notei!

—Bem, isso e mais alguns detalhes", reconheceu Mapuca com um sorriso malicioso. A bandeira Mapuche costurada na parte de trás da jaqueta e o símbolo Mapuche tatuado no seu ombro ajudaram um pouco...

—Você é um detetive dos diabos! —Daniel reconheceu com assombro. Deveríamos ter vindo vê—ló mais cedo.

—Em qualquer caso", acrescentou Mapuca, lançando um olhar de ironia em Camila, "para não te considerar um Mapuche, você parece gostar muito do simbolismo do meu povo".

A garota não respondeu". Ela se sentiu desconfortável com a direção que a conversa estava tomando. Ao invés de devolver o cigarro de Daniel após a fumaça, ela inalou a fumaça do tabaco novamente.

—Mas... —Por que você não disse nada? —perguntou ele, tirando outro cigarro da caixa.

—Por que eu tinha que te dizer? —Não disse. —A Camila respondeu em tom defensivo. —Você me disse de onde eram seus avós?

—Não fique brava", disse Daniel segurando a mão dela. Não sei... se viéssemos perguntar ao Mapuca sobre os Mapuches, é natural que você tivesse me dito algo sobre... sobre você...

—Eu te disse que eu não me considero um Mapuche, — ela disse friamente enquanto soltava a mão. —Parece que fiz algo errado...

—Não, de jeito nenhum", disse Daniel rapidamente. É só que...

—Está tudo bem", ela o cortou. —Podemos começar com a história do Mapuca?

—Perfeito para mim", respondeu ela, espremendo o licor do copo dela de uma só vez. Mas ouça—me com atenção, jovem", disse ele.

—Com certeza", concordou Daniel. Somos todos ouvidos.

—Os meus avós me contaram muitas histórias quando eu era criança

—Ele começou sua história Mapuche, rolando os olhos como se estivesse voltando ao exato momento de sua juventude, quando ouviu aquelas histórias. Não sei quanta verdade há nelas e quanta invenção, porque também me contaram contos tradicionais das terras mapuches, e é possível que, com o tempo, minha cabeça tenha misturado algumas coisas com outras, então não é muito fácil para mim distingui—las. Há, no entanto, uma tradição que eu acho que se encaixa neste negócio de embalagens. —Ele olhou por um momento para o fundo vazio do copo em que uma gota de licor ainda brilhava, como se ponderasse a possibilidade de derramar um pouco mais de álcool. Ele olhou por um momento para o fundo vazio do copo, no qual ainda havia uma gota de licor brilhando, e então, como se tivesse decidido ignorar esse impulso indesejado, continuou: "Cada uma das embalagens pode simbolizar um pecado". O veneno da aranha, o sangue da galinha, as criaturas que rastejam... Todas essas coisas seriam, segundo essa interpretação, expressões do mal..., algo que os destinatários das embalagens carregam em sua consciência por algum motivo...

—Mas eu... —O que eu poderia ter feito de errado? —Perguntou Daniel, desnorteado. Eu nunca tive nada a ver com os Mapuches...

—Não posso te dizer isso", respondeu Mapuca, "só você pode saber que... Embora também seja possível que não tenha nada a ver com você".

—Como assim? — perguntou ele, intrigado.

—O tópico comum que liga os pacotes são os parceiros do conglomerado de empresas ao qual o seu pertence", explicou o Mapuca pensativamente. É muito possível que o pecado tenha que ser procurado em algum ato da empresa mais do que em um indivíduo específico?

—Mas eu não sei nada sobre a minha empresa... — Eu nunca estive no negócio...

—Talvez a pessoa que enviou os pacotes não saiba", respondeu um Mapuca atencioso. Ou talvez, aos olhos deles, isso não o absolva de responsabilidade.

—Você não parece uma simples faxineira", disse Camila de repente, espantada como o Mapuche estava quebrando suas explicações. Então, como se percebesse que sua alimentação poderia ser interpretada como um sinal de descortesia, ela acrescentou: "Não quero dizer que seja desonroso limpar, ou algo assim... É só que... sua maneira de falar... de pensar... não parece a de um..." Camila respirou fundo, como se estivesse tentando encontrar as palavras certas. Ela sentia como se estivesse estragando cada vez mais tudo. No olhar expectante do Mapuca, que a esperava para terminar sua frase, ela tentou limpar seus pensamentos antes de terminar de entrar num beco sem saída. Finalmente, disse ele: "Perdoem—me. O que eu realmente quero dizer é que se alguém me dissesse que você é advogado, eu não ficaria nem um pouco surpreso.

—Eu agradeço o comentário", disse Mapuca com um sorriso não sem um certo orgulho, "mas muitas pessoas como eu não puderam estudar e tiveram que se contentar com outras coisas

—Não sabia que você aspirava a mais nada", disse um Daniel chocado, segurando a mão da sua velha governanta. Eu pensei... Eu pensei que você estava feliz assim...

—E estou, meu garoto — sorriu Mapuca, colocando a mão dele ternamente na dela. Não me entenda mal, eu não estou reclamando. Eu devo muito à sua família e tenho sido muito feliz no serviço deles. —Ele olhou para Daniel com um olhar estranho que misturava amor e tristeza. Só estou dizendo que se as circunstâncias tivessem sido diferentes, talvez...

—Mas não é tarde demais. Há sempre tempo para fazer alguma coisa", Daniel a interrompeu. Apenas me diga o que você precisa, e eu vou...

—Eu ainda não terminei a história", ela o cortou, tirou as mãos dele e se levantou de novo. Ela tirou o copo vazio da mesa e, como se tivesse mudado de ideia, foi até o armário para reabastecer. E eu pedi sua atenção", ela acrescentou enquanto despejava um pouco mais de licor.

—Claro, Mapu, sinto muito", desculpou Daniel, um pouco confuso com a atitude um pouco abrupta de sua antiga babá.

—Isso é importante, meu rapaz", disse ele quando se sentou à mesa novamente. Você está brincando muito com isso...

—Vida", ele respondeu tacitamente.

—Vida..." repetiu Mapuca, olhando fixamente o líquido em seu copo, como se ele pudesse ler alguma coisa.

nele. Depois de uma bebida curta, ele continuou: "É possível que, assim como o conteúdo das primeiras embalagens representa o pecado, o conteúdo da última embalagem representa a punição.

—Mas qual é o conteúdo da última embalagem? Pensei que fosse a figura que recebi, mas você diz que não, que era a quarta?

—Talvez o conteúdo do último pacote seja a máscara.

—Você me disse que todos que cometeram suicídio morreram com uma máscara de pássaro, não foi?

—Sim.

—Você sabe o que era o pássaro?

—Não, nós não vimos a máscara. —Por que você pergunta?

—Se aquela ave representasse uma coruja, eu estaria quase certo de que minha hipótese está correta, — a mulher Mapuche disse firmemente. Há uma tradição que fala de um feiticeiro que toma a forma daquele pássaro para fazer mal à noite. E no folclore mapuche, o homem—pássaro carrega mensagens de um lugar para outro. A máscara pode representar uma mensagem sombria... uma frase...

—Temos então que descobrir se a máscara era o conteúdo da última embalagem e como ela se parecia...

—concluiu Daniel.

—exatamente", confirmou Mapuca. Mas lembre—se que tudo isso é apenas uma teoria...

—mas isso é tudo o que temos", disse Daniel melancolicamente.

—Há algo mais", disse o Mapuche, de repente. Você tem o último pacote que recebeu aqui?

—Sim, lá embaixo na motocicleta.

—Possivelmente, se eu vir a figura, posso confirmar minhas suspeitas.

—Eu vou lá embaixo buscá—ló", disse Daniel, levantando—se da mesa.

Quando as duas mulheres foram deixadas sozinhas, a mais velha virou—se ternamente para a mais nova.

—Estou certo que eu não vou descobrir nada dizendo isso, mas você é muito bonita.

—Muito obrigada, — sorriu Camila, agradecida pelo elogio.

—Você não deve ter vergonha das suas raízes, meu filho", continuou Mapuca, "ele não vai te rejeitar por isso... Eu o conheço desde que ele não era maior do que um grão de arroz". —O Mapuche riu do seu próprio gracejo.

—Não tenho vergonha", insistiu a menina. Além disso, Daniel e eu somos apenas amigos, não temos nenhum interesse um no outro. O Mapuca riu novamente como se tivesse acabado de contar uma piada muito engraçada e tomou uma bebida curta. Depois, sem o sorriso nos lábios dele desbotar,

ele observou:

—Os teus olhos não são apenas lindos, meu filho, são também transparentes. E eles me falam de outra coisa. Eu notei como você olha para Daniel. E eu também vi como ele olhava para você.

—Parece que você quer adivinhar tudo hoje", disse Camila, um pouco desconfortável.

—Talvez eu seja um pouco bruxa.

—Bem, é aí que você se engana", disse Camila firmemente, embora tentando não ser grosseira. Eu te contei a verdade.

Mapuca tomou um último gole, contando o resto da bebida que sobrou em seu copo. Depois, passando a língua sobre os lábios ainda molhados de licor, disse ele:

—Desde que você entrou aqui, minha filha, você não disse uma única palavra que fosse verdade.

CAPÍTULO 17

O que você está dizendo? —asked Camila, perplexa.

—O que eu disse", a mulher Mapuche reafirmou em suas palavras. Tenho idade suficiente para saber que você está escondendo algo, embora eu não saiba o que é.

Camila abriu a boca para responder, mas a Mapuca levantou a mão como se estivesse implorando que ela a deixasse terminar.

—Não importa que você tenha mentido, nem tem que me dizer o que a fez fazer isso, minha menina.

—O importante é que seu rosto não mente, e que seu corpo, em algum lugar lá no fundo, esconda uma dor que a impeça de ser honesta. Só espero que um dia você possa superar essa dor e deixar o veneno que te prende vir à tona. Enquanto estiver lá dentro, ele só pode te machucar.

Camila desviou o olhar, como se ela não ousasse enfrentar a mulher que poderia ser sua mãe, mas que, em seu julgamento, estava indo longe demais. De repente ela notou que um dos biscoitos de chá estava amassado na mão dela.

Talvez, sem perceber, ele tivesse apertado o punho com muita força nela. Ele deixou cair o biscoito esmagado sobre a mesa e sacudiu as migalhas de sua palma.

—Você sabe? —disse ele de repente. Talvez eu não seja o único que não tenha dito a verdade aqui hoje.

O Mapuca não disse nada, mas seu rosto permaneceu pouco expressivo, hierático, e Camila parecia ler nele aquele olhar que no jogo de cartas chamam de cara de pôquer, o que lhe indicava que aquele comentário que ele havia se aventurado um pouco ao acaso, com o único propósito de entrar na defensiva, não estava completamente fora dos eixos.

—É apenas uma coisa importante", disse o Mapuche após um breve silêncio, "o resto é irrelevante neste ponto". E o que importa é que nós dois, cada um a seu modo, amemos Daniel".

A partir daquele momento, as duas mulheres ficaram em silêncio, como se de repente não houvesse mais nada a dizer uma para a outra. Ou como se algo dentro delas lhes dissesse que, se o fizessem, poderiam trazer à tona coisas na conversa que nenhuma delas precisava sair. A Mapuca acendeu outro cigarro para matar o tempo, e Camila, por sua vez, se entreteve comendo bolachas de chá. Depois de um tempo, Daniel estava de volta com a caixa.

—Aqui está", disse ele, esticando a caixa para a Mapuca.

A mulher a abriu e tirou a boneca de madeira carbonizada. Parecia uma figura humana, como havia sido dito a ela. Era muito esquemática e representava um homenzinho com os braços para baixo. Mapuca não precisava olhar para ela mais de uma vez para fazer sua decisão.

—O que eu imaginei — disse ele — é um Anchimallén.

—O que é isso? — perguntou Daniel.

—Um espírito mau, ao contrário de um Pillan, que é um espírito bom. Se fosse este último, ele teria os braços para cima.

—E isso significa...?

—Confirma o que eu lhe disse. É uma espécie de maldição..., o castigo que deve redimir a culpa através da morte... — A mulher deu a volta à figura observando—a com apreensão. A mulher virou a figura, olhando para ela com apreensão. As rugas em seu rosto pareciam afundar enquanto ela olhava para ele.

—Agora tudo o que resta é que a máscara seja confirmada", disse Camila.

—Não é preciso", disse Daniel, "eu sei". As duas mulheres olharam para ele com surpresa.

—Enquanto eu estava lá embaixo, Andrea me ligou e conversamos um pouco", explicou ele. Eu perguntei a ele sobre a máscara, e ele confirmou que parecia uma coruja. Ele disse que era assustadora, muito vermelha na cor e com traços malignos. O pobrezinho chorou.

—Pobre Andreita", exclamou o Mapuca com tristeza. Portanto, não há dúvida de que ela representa a ave da morte.

—Há algo mais", disse Daniel. Andréa me disse que parece que a máscara era o conteúdo do último pacote, como você havia sugerido. Eles encontraram a caixa aberta e vazia no chão da sala da qual seu pai pulou, o que faz os investigadores pensarem que a máscara estava lá dentro.

Essa suposição se estende aos demais casos, portanto o restante dos suicídios também deve ter recebido a máscara no quinto pacote.

—Máscara de bruxa—pássaro..." Mapuca murmurou, olhando para o vazio. O pássaro—bruxa voltou para se vingar.

Daniel sentiu um arrepio correr pelo seu corpo. Não por causa do que sua babá havia acabado de dizer, mas porque essa frase o lembrava tanto de outra que ele havia ouvido há pouco tempo, sob o olhar ardente de um vulcão em erupção. Aquelas palavras diziam algo como os deuses que buscam vingança, e Camila as havia pronunciado. Ela olhou para este e a viu perdida também, como a Mapuca, em seus próprios pensamentos. Então, dirigindo—se aos Mapuche, disse ele:

— "Você não acha que foi a máscara que forçou aqueles pobres infelizes a pular, acha?

—Há muitas coisas que não sabemos, meu rapaz", disse a mulher, e seu rosto mais uma vez parecia cansado e desanimado, o que aos olhos de seu patrão a fez envelhecer vários anos em poucos segundos.

—Você está dizendo o que eu penso? Que a máscara está realmente possuída por aquele espírito maligno do qual você fala?

— perguntou ela, não dando crédito ao que a mulher Mapuche parecia implicar.

—Durante a minha vida, algumas das noites em que estive sozinha", disse a mapuche de luto, "eu senti a ave—bruxa voando sobre a terra... Mas isso é algo que só um Mapuche pode entender, meu rapaz... Então, observando—o com um olhar vidrado, quase perdido, ele acrescentou: "Há coisas neste mundo que é melhor não se conhecer...

Daniel abraçou sua babá, mexeu—se. Embora todas aquelas idéias absurdas lhe parecessem nada mais que fantasias, ele não podia deixar de sentir um mal—estar crescente à medida que aprendia mais detalhes da história. Parecia como se um ser maligno estivesse efetivamente perseguindo—o das sombras, pronto para emergir da escuridão a qualquer momento para cumprir seu destino. Ele beijava a escuridão, usava os cabelos da Mapuca e a mantinha naquela posição silenciosamente, permitindo—se ser invadido inevitavelmente pelos pensamentos mais sombrios. Camila olhou para a cena materna composta por seu amigo e aquela mulher triste e inteligente, que parecia guardar um segredo que lhe quebrava a alma. De repente, uma ideia lhe ocorreu, que ela expressou exatamente como lhe veio à mente:

— "Conheço um sábio velho mapuche perto de Pucon...

—Não sei se ele ainda estará vivo, minha avó me apresentou a ele anos atrás. Acho que poderíamos ir e vê—lo. Talvez ele possa nos dar um pouco mais de compreensão deste mistério.

—Eu estou dentro", disse Daniel com um sorriso. Também não há muito mais que possamos fazer.

A ideia de voltar a Pucón com Camila parecia muito atraente para ele, e embora ele não confiasse que traria nenhuma nova informação a tudo isso, ele estava certo de que a viagem de moto para a terra do deus do vulcão lhe tiraria a mente, nem que fosse por pouco tempo, daqueles pássaros—bruxos e espíritos malignos que haviam invadido sua imaginação com presságios sombrios.

— Tudo o que lhe resta é aquele cartucho na câmara", disse Mapuca, como se ele pudesse ler seus pensamentos.

—Você tem uma proposta melhor? — perguntou Daniel alegremente. A ideia de filmar com Camila novamente na estrada o havia colocado inesperadamente de bom humor.

—Ir à polícia, por exemplo", disse a mulher num tom de cansaço. Parecia que, ao contrário de Daniel, ela havia perdido a energia transbordante que a animava.

—Não se preocupe, disse ele, beijando—a novamente. Como eu disse antes, acho que não há nada que eles possam fazer. Eles não vão colocar um policial em cima de mim 24 horas por dia, além disso, eu não acho que aquele policial não era páreo para o pássaro bruxa malvado", brincou ele, tentando animar sua babá.

—Isso não é brincadeira, meu garoto", ela respondeu com tristeza.

—Eu sei, Mapu, eu sei", concordou Daniel, um pouco arrependido de sua frivolidade, e a beijou na cabeça novamente, "mas um dia eu tenho que morrer".

E se esse dia estiver próximo, não quero passar minhas últimas horas preocupada e cercada de policiais".

Se meus dias terminarem aqui, quero sentir na minha cara mais uma vez a investida do ar da estrada.

O Mapuca não levantou o rosto para que ninguém notasse que as lágrimas haviam chegado aos seus olhos novamente. Ele simplesmente disse:

— "Vá então, meu filho.

—Você está chorando? — perguntou ele, acariciando sua cabeça.

—Não é nada, Daniel, na verdade — respondeu ela com um sorriso, enquanto enxugava as lágrimas. Demasiadas emoções para uma tarde.

—Nada vai acontecer, você vai ver", ele tentou confortá—la.

—Eu sei, meu rapaz", ela concordou com um suspiro. Gostaria apenas de lhe perguntar mais uma coisa...

—O que for", respondeu Daniel.

—As fotos que você diz ter recebido... Por favor, guarde—as em um lugar seguro. Não se atreva a quebrá—las.

—Eu não ia, disse ele. Mas por que você se importa?

—Pode parecer bobagem", disse ele, olhando também para Camila, "mas alguns Mapuches acham que as imagens capturam a alma das pessoas". Quando você quebra uma imagem, você está destruindo o receptáculo daquele pedacinho de alma e ao fazer isso você está colocando a vida da pessoa em perigo".

Camila e Daniel olharam para o Mapuca com um toque de amor.

—Não se preocupe, Mapu, se minha vida depende do que acontece com essas fotos, você pode ter certeza de que elas estão seguras.

—disse ele com um sorriso.

—lhe o agradecimento — disse ela — e perdoe o absurdo desta velha supersticiosa".

Camila olhou para ele com simpatia e pensou que de fato ele parecia dez anos mais velho agora do que quando ele a viu pela primeira vez, e pensou que ele percebeu em que momento preciso essa transformação havia começado a acontecer. Assim como ela segurava em suas mãos a figura queimada do temível Anchimallén.

Agora vamos", disse Daniel ao Mapuca, e voltando—se para Camila, ele acrescentou: "Se você não se importa, eu gostaria de ir ver Andrea por um momento. Ela estava uma bagunça quando conversei com ela.

—Claro, vá", disse Camila, "e se quiser, te vejo amanhã de manhã, e depois partimos para Pucon".

Mapuca disse que ficaria no apartamento por um tempo, terminando tudo, e disse adeus a eles. Ao abraçar Camila, pediu—lhe ao ouvido que cuidasse de seu filho; e o abraço que ela lhe deu pareceu continuar para sempre. Quando Daniel saiu de sua casa acompanhado de Camila, ele teve o olhar que sua antiga babá lhe havia oferecido quando ele se despediu. Em seus olhos, ele podia ler claramente que ela estava convencida de que esta seria a última vez que eles se veriam.

Sozinho no apartamento, Mapuca voltou para a mesa. As pernas dela a arrastavam mais do que carregá—la. Ela se sentia murcha, exausta, como se o peso da terra inteira tivesse caído sobre ela de repente. Ela pegou seu copo da mesa e mais uma vez o encheu com o licor doce. Levou—o à boca e o tênue ardor que invadiu seu peito parecia aliviar um pouco sua tristeza. Ele cobriu a garrafa e a colocou de volta. Ele fechou a porta do armário e entrou na casa. Na cozinha, em uma cadeira, estava a bolsa dela. Ela a abriu e tirou um envelope de dentro. Bebeu do copo novamente e saboreou por um momento o sabor agradável que o álcool tinha deixado em sua garganta. Então, parando, ele abriu o envelope em suas mãos, tirou uma das fotos nele, e olhou para ele por um longo tempo. Nele, como nas outras fotos do envelope, estava Daniel. Na foto que ele segurava naquele momento, ele estava dormindo no sofá da sala onde os três estavam conversando naquela tarde. Ao seu lado, em uma cadeira, descansou uma camiseta velha de seu irmão e um isqueiro Zippo prateado.

Lágrimas encheram os olhos da mulher Mapuche e as terríveis palavras que ela havia pronunciado naquela mesma tarde voltaram aos seus lábios em um sussurro:

O pássaro—bruxa voltou para se vingar...

CAPÍTULO 18

O clima chileno às vezes era caprichoso. Na tarde anterior, uma densa calima havia gravitado preguiçosamente sobre a cidade, mas, depois de uma forte tempestade noturna que descarregou na metade norte do país, a manhã se levantou brilhante e propícia para uma viagem. Os raios do sol haviam abandonado o tom amarelado que o calor do verão lhes havia dado, tornando—se uma luz branca e brilhante como a de um dia de outono. O ar fresco trazido pela chuva havia limpo a caligne atmosférica e um céu puro e esplêndido, mal manchado por um cirro muito branco que parecia ter sido retirado da paleta de um pintor, convidado, quase num grito, a entrar em uma motocicleta e pegar a estrada.

Logo pela manhã, Camila e Daniel partiram. As motocicletas andavam suavemente no asfalto, como se estivessem fazendo amor com ele. O contato de seus pneus com a superfície da estrada, como o diamante de uma agulha, ao atravessar limpos os sulcos de um velho vinil, arrancava uma bela melodia em seu rastro. A linha infinita da estrada se estendia até se perder em um horizonte azul, como se, cativado por sua beleza, tentasse pegá—ló sem consequências. Daniel pensava que algo semelhante estava acontecendo com ele com Camila. Ele olhou para ela na sua frente, cortando o ar com sua moto, e teve a sensação de que a qualquer momento ela seria levada pelo vento e arrebatada dos céus pelos antigos deuses Mapuche, como aconteceu com a bela Ailín, que foi seqüestrada cegamente apaixonada pelo poderoso vulcão Rucapillán. E ele seria então como o infeliz Tupaq, olhando dia após dia, ano após ano, em direção à distante e terrível montanha que guardava a beleza cativa da princesa Mapuche. Ele notou o casaco de água dela ondulando ao vento e a bandeira Mapuche costurada no meio. Por que ela não teria dito a ele que era descendente de Mapuche? De repente ele sentiu um leve desconforto na picada de sua mão. Estava quase curado, mas manteve a língua de fora porque estava um pouco irritado com a fricção, e embora a ferida geralmente não o incomodasse, de vez em quando o picava, como se quisesse enviar—lhe uma mensagem lembrando—o que uma frase estava pendurada sobre sua cabeça. Ele decidiu concentrar—se na condução e naquele dia maravilhoso. Talvez ele acabasse perdendo Camila ou talvez esse fosse seu último dia nesta terra, mas se esse fosse o caso e ele tivesse que morrer, ele agradeceu ao céu por enviar—lhe aquele presente cheio de sol, ar puro e um azul tão intenso e radiante como aquele que ele um dia viu nos olhos mutáveis de sua princesa Mapuche.

Filmaram durante várias horas e cobriram grande parte da viagem. Daniel, talvez como resultado desses pensamentos sobre o tempo que lhe restava para viver, parecia ter afiado sua percepção e tinha ficado ensopado em cada sensação que a rota lhe oferecia. Ele sentia tudo com mais intensidade, como se cada estímulo do mundo exterior que vinha aos seus sentidos, ao invés de ativá—los, os atingisse, como se fossem impactos ao invés de sensações. De cor, de olfato, de som. Os infinitos tons do prado, das árvores, das colinas, dos arbustos; os diferentes aromas da terra, da grama, da clorofila, do gado...; o esfregar suave do ar em sua pele, o balançar da motocicleta adaptando—se a uma curva, o barulho do motor, a cadência do vento, o assobio da velocidade... Ele imaginava a estrada como uma metáfora da vida, cada quilômetro percorrido como um espaço de tempo que não voltaria mais, como se devorasse a própria existência à medida que se avançasse em direção ao inexplicável, ao próprio destino. E, como na vida, pensava que o importante não era para onde se tinha que ir, mas o caminho que se ia tomar. E ele sabia que era feliz. Que estava feliz por ter sido capaz de tornar a estrada parte daquele caminho vital que lhe havia sido dado e que se sentia cheio porque tinha sido capaz de percorrê—la em sua moto. Ele achava que queria viver, que queria andar milhares de quilômetros a mais em sua garota e conhecer tantos outros lugares. Mas ele também sabia que nada aconteceria se tudo acabasse ali, se o tempo que lhe havia sido dado terminasse. Ele tinha bebido a taça da vida e saciado sua sede de existência, ou, como seu irmão teria dito, ele sempre conjugara o verbo para viver no presente, no agora, e não conseguia encontrar uma maneira melhor de se despedir da vida do que fazendo o que mais amava no mundo, voando ao vento sobre sua estrela da noite, soltando quando a estrada gira, e fazendo isso com a garota com os olhos mais bonitos que ele poderia imaginar.

Eles pararam para almoçar, como era seu costume, em uma casa na estrada. Eles conversavam animadamente sobre tudo e nada em particular. Qualquer coisa que lhes entrava na cabeça imediatamente se tornava um tema excitante de discussão ou uma desculpa para fazer uma piada. Falavam casualmente, como se a parte escura da vida tivesse sido apagada de suas cabeças. Como se nunca houvesse pacotes, fotos ou máscaras. Como se eles tivessem acabado de se conhecer e estivessem se descobrindo naquele momento. Nem em um único momento mencionaram o motivo de sua nova viagem a Pucon ou o perigo que se apresentava para Daniel. Era como se a tempestade do dia anterior tivesse levado consigo a dor de suas vidas, como se as sombras que envolveram sua relação na última viagem tivessem se dissipado da mesma forma que a noite se desvanece com a chegada do amanhecer. Voltaram à estrada depois de fumar um cigarro e descansar um pouco, e desta vez foi Daniel quem liderou o caminho. Sua cabeça estava limpa, e seus pensamentos se seguiam como as correntes rasas de um rio; mal chegaram à superfície, perderam—se na correnteza apressada da sua mente. Muitas vezes ele sentia essa sensação quando estava rolando, como se todo o seu ser estivesse fluindo com a estrada e ele mal percebia que estava dirigindo ou se movendo, como se tudo estivesse acontecendo ao seu redor naturalmente sem a sua intervenção. Era uma sensação semelhante àquela que ele havia experimentado

A primeira vez que praticou a meditação, como uma espécie de estado de graça em que seu ser se fundiu com o mundo e isto e aquilo deixou de ser duas coisas diferentes, para se tornar uma e a mesma entidade.

As horas passavam, as etapas se seguiam, e o dia e o caminho ficavam para trás. Ocorreu a Daniel que ele e Camila eram como duas estrelas errantes em uma órbita imutável que os levou irremediavelmente de volta a Pucon, e que aquele caminho era tão belo e inexorável para eles como o caminho elíptico que o sol desenha repetidamente em sua perambulação interminável pelo espaço. Ele pensou então que talvez fosse lá que ele receberia o quinto pacote com a máscara da ave—bruxa. Ele não ficaria surpreso, pois o anterior havia sido entregue na Argentina. Se assim fosse, talvez fosse o lugar onde ele iria morrer, junto ao Lago Villarrica, sob o olhar cônico do vulcão. Ele não achava que era um lugar ruim para deixar essa vida, e embora esse pensamento fosse um pouco sombrio, não podia deixar de ter um sorriso triste no rosto.

Eles tinham chegado em Pucón.

Pegaram o mesmo hotel da última vez, também com camas separadas, e saíram para um passeio antes do jantar. No dia seguinte, eles iriam conhecer o velho mapuche que talvez pudesse esclarecer esse mistério. Aquele tempo foi um pouco mais cedo que o anterior, mesmo assim, o sol estava se retirando, lançando suaves raios laranja que melancolicamente alongavam as sombras lançadas pela cidade. Daniel contemplou a calma luz que repousava sobre Camila como uma infinidade de borboletas douradas, e pensou que a claridade de Pucon lhe convinha bem, como se, admirando sua beleza, ele quisesse abraçá—la e envolvê—la em um suave carinho luminoso. O ar da tarde, carregado do cheiro da mata próxima, oxigenou as pacíficas ruas — cotas, banhando—as com um frescor benigno. Depois de uma agradável caminhada, jantaram no mesmo lugar da última vez, e como se perdessem esse tempo e quisessem repeti—ló, foram ao bar onde haviam conversado e bebido um drinque com o grupo de jovens motoqueiros. Desta vez eles também tiveram Jägermeister com Red Bull, mas de uma forma mais moderada, só para o champanhe. Então, antes de voltar ao hotel, eles decidiram ir ver o vulcão em frente ao lago de Villarrica. Daniel acariciou por alguns momentos a ideia de que talvez, se tudo estivesse acontecendo mais ou menos da mesma maneira, o beijo que eles davam um ao outro também se repetiria. Mas ele rapidamente tirou essa ideia de sua mente. Camila tinha deixado claro para ele quando eles estavam na Argentina que isso não voltaria a acontecer e ele não queria deixar que a frustração embebedasse seu dia, o que quase poderia ser descrito como perfeito. Eles chegaram em frente ao lago e o acharam tão solitário e belo quanto da última vez. Não era mais lua cheia e uma lua minguante imaculada brilhava no cone do vulcão, como se um diabinho travesso, confundindo o satélite com um queijo, tivesse dado uma dentada nele, deixando apenas um pedaço branco e solitário. Apesar disso, ou talvez porque a luz da lua era menor e não os ofuscava, as estrelas brilhavam ainda mais desta vez, e pareciam muito mais numerosas, como se o firmamento as tivesse convocado para vir iluminar a triste noite do motociclista.

—Você sabe que no hemisfério norte você pode ver as estrelas de cabeça para baixo? —fez Daniel, olhando maravilhado para o Cruzeiro do Sul.

—Sim", respondeu Camila, olhando para o cosmo também. Lembre—se de que eu sou um Mapuche. Tenho certeza que posso te ensinar muitas coisas sobre o céu que você não conhece, menino da cidade.

Daniel olhou para o rosto da garota, iluminado pela luz azul da lua, e sentiu um desejo louco de beijá—la. Mas ao invés de fazer isso, ele disse a ela com um sorriso desanimador:

—Oh, é mesmo? —Como o quê, por exemplo?

—A lua", disse ela. "Em que fase ela se encontra?

—Disse ele: —Uma língua na bochecha. Meu irmão me ensinou um pequeno truque quando criança. Sempre que você o vê em forma de C, está em um crescente. E se a fase está diminuindo, você pode vê—la como um D.

—Isso é apenas metade verdade", disse ela com um sorriso. No hemisfério norte, o oposto é verdade.

—Está tudo bem", admitiu ele. Um por um. O que mais você pode me dizer?

—Você vê aquele conjunto de estrelas perto da constelação de Orion? —Não.

—Você se refere às Plêiades?

—Sim", confirmou ela, "quando eu era criança minha avó Aimara me dizia que as estrelas eram as almas dos mortos que acenderam ao céu e se tornaram mensageiros dos deuses". Sua função era nos visitar todas as noites para nos trazer esperança em meio à escuridão e nos lembrar que, embora a escuridão dia após dia engole o sol e envolve a Terra, a luz não se extinguiu, mas continua a existir em algum lugar.

—E quanto às Plêiades? — perguntou ele.

—Minha avó disse que este grupo de estrelas eram os antepassados da nossa tribo"... Camila desviou os olhos do céu e olhou para Daniel com um olhar triste que tinha tomado uma delicada tonalidade turquesa. Sempre achei que aquela história sobre a permanência da luz transmitia esperança...

—Obrigada", disse ele.

—Pelo quê? — perguntou ele.

—Eu sei que você me contou aquela bela história para que... —para me dar esperança...

Camila olhou para o céu novamente sem responder e pareceu a Daniel que seus olhos tinham ficado molhados.

—Eu acredito que quando sua alma subir ao céu, ela não vai se juntar às Plêiades", disse ele, olhando para ela. Ele vai chutar Sirius e colocar—se em seu lugar.

—E por que você acha isso? —Quero saber.

—Porque Sirius é a estrela mais luminosa do firmamento observável, e esse lugar só pode ser seu.

Daniel não quis saber o quão pirosas essas palavras poderiam ter soado; ele apenas as disse como as sentia e, uma vez dito, não se arrependeu. Ele se sentiu malvado, livre. O Jägermeister estava tendo seu efeito e um formigamento muito agradável havia se instalado em seu peito. Camila olhou para ele com uma expressão reprovadora em seu rosto, mas quando ela estava prestes a reprová—ló por ir por ali, ele, como havia feito em outra ocasião, colocou seu dedo indicador gentilmente nos lábios dela e disse

—O que lhe importa se eu o elogio? Em breve, quando eu receber o quinto pacote, não poderei mais fazer isso. Deixe—me explicar agora que eu ainda posso...

—Não diga essas coisas nem como brincadeira", protestou ela, "Estou olhando para o vulcão agora". Então, após alguns segundos de silêncio, ela acrescentou: "Você acha que Ailin ainda está lá dentro?

—Não", respondeu ele, arrancando o cabelo para longe dela, para que pudesse ver melhor o rosto dela. Eu não sabia disso, mas agora sei que a princesa Mapuche há muito tempo é uma prisioneira.

—Onde ela está então? — perguntou Camila.

—Direita agora, ela está aqui, ao meu lado...

A garota olhou para ele com um olhar atordoado e hesitou por alguns momentos, então, gentilmente, retirando sua mão do rosto dele, disse ela:

—Pensei que era melhor voltarmos para o hotel.

—É melhor voltarmos para o hotel. —Não vou sair daqui sem tomar banho, talvez seja o último que eu possa desfrutar!

—Não continue dizendo coisas assim! — Redicularizou—o.

—Você está dentro? —precisou Daniel, enquanto ele se despiu de roupa íntima.

—Não", disse ela, desconfortável com a nudez dele.

Eu prefiro esperar por você aqui.

Daniel olhou nos olhos dela e parecia encontrar neles, assim como tinha no hotel em Mendoza, um lampejo de desejo.

—Você está sentindo falta", disse ele com um sorriso malicioso, e mergulhou nas águas claras do Lago Villarrica.

Camila se apoiou em uma enorme araucária e observou Daniel. Ele estava salpicando ao redor e gritando como uma criança.

na água, e a garota riu de coração dele se divertindo daquela maneira. Apesar de ter sido uma grande noite, ninguém mais foi visto no lago, e não demorou muito para ela sentir a vontade de se juntar a ele. Sem pensar muito sobre isso, ela ficou de roupa íntima e foi para a água também. Quando Daniel a viu, correu para ela e a espalhou rindo como da outra vez. Ela o espalhou em vingança, e os dois se envolveram em uma pequena batalha na qual acabaram lutando para ver quem conseguia colocar a cabeça do outro debaixo d'água. Daniel pegou Camila no ar e atirou—a para a frente, bamboozling ela para o lago. Ela se levantou rindo, e ele pensou que estava vendo uma deusa Mapuche emergir das águas. As gotas escorregaram suavemente sobre seus ombros como quando ela saiu do chuveiro do hotel, mas agora ela estava ainda mais bonita, tanto que ela eclipsou a beleza das estrelas. O tecido molhado do sutiã encaixava seus seios como uma segunda pele e a frieza da água fazia com que os mamilos se destacassem como duas cerejinhas, que Daniel achou tão perigosas quanto dois punhais afiados apontando para seu coração. Ele ficou paralisado pela sensação de que seu corpo estava queimando debaixo d'água ao ver aquela visão avassaladora. Ela pulmou para ele, gritando:

—Agora você vai ver!

Daniel a segurou pelos braços e parou o corpo dela a uma distância mínima do dele. Ele a encarou cheio de desejo, mas viu que em seus olhos o medo apareceu de repente. Ele soltou seus pulsos e a pegou gentilmente pelas mãos. Ele mal podia resistir à vontade de atacá—la e enchê—la de beijos, mas aqueles olhos medrosos o deixaram triste. Do que ele estava com medo? Então ele percebeu que o medo que ele lia nos olhos dela era diferente do que ele havia visto em outras ocasiões. Agora ele tinha certeza de que Camila tinha medo de si mesma, de seu próprio desejo. Ele a sentiu tremer subitamente em seus braços e continuou a olhá—la sem ousar dar um passo à frente, mas também não ousava soltá—la, porque tinha certeza de que, se fizesse isso, nunca mais a abraçaria tão perto. . Os dois se entreolharam sem poder desviar o olhar, como se hipnotizados, enquanto uma corrente de desejo percorria seus corpos encharcados. Ele gentilmente acariciou as pontas dos dedos com os dedos e sentiu como se aquele contato leve e quase imperceptível lhe desse um choque elétrico de alta tensão, que ele mal podia suportar. Seu sexo se endureceu cada vez mais debaixo d'água, e ele sentiu o sangue dela como uma torrente transbordando, respondendo à chamada silenciosa do corpo à sua frente. Finalmente, Camila, em um sussurro agradável, quase inaudível naquela noite estrelada, disse:

— Isso é loucura, Daniel ... — Você precisa entender que isso dá

talvez o que eu queira ... eu não devo ... eu nunca posso te beijar ... Então, ele, ignorando aquelas palavras absurdas e

incompreensível, ignorando toda a dor que os acompanhava e que eles eram capazes de provocar, fez algo completamente inesperado: ele sorriu.

—Por que você está sorrindo? — ela perguntou perplexa.

E ele, sem deixar o sorriso escapar de seus lábios, respondeu:

— Porque toda vez que você me diz isso, eu sei que você vai me beijar. Ela olhou para Daniel espantada por alguns momentos e olhou para aquele sorriso prematuro. Então, sem saber por que estava fazendo isso, ignorando sua própria vontade e todas as vozes gritando dentro dela, que exigiam desesperadamente que ela fugisse, ela respondeu:

—Você está certo.

Então ela colocou os lábios no sorriso dele e o beijou. Daniel sentiu todo o seu ser eletrificado pelo contato daqueles lábios, pressionou a garota contra ele e colocou a língua na boca dela. Camila respondeu com a própria língua e ele sentiu novamente o doce sabor da saliva e do hálito de sua princesa mapuche, molhada e ardente. Com o desejo e a urgência do homem sedento, mas sem parar de beijá—la, ele a tirou do sutiã e, em seguida, sua língua deixou a dela deslizar, através do pescoço, até os seios. Ela respondeu ao contato dele com um gemido, que soou na noite como o de um animal bonito cuja vida se esvaiu. Daniel levantou—a no ar e, enquanto sua língua passava fome por seus mamilos doces, seus dedos se aventuraram nos reinos secretos e escuros entre suas coxas. Camila, em êxtase, se contorceu de prazer nos braços de Daniel, abandonando—se às carícias dele e deixando—o liberar todo o desejo que vinha acumulando há tanto tempo. Então ela se agarrou a ele como um lobo faminto, e provou os frutos viris do corpo dele, fazendo—o tremer com o avanço da boca. Daniel sentiu—se arrastado pelo prazer, como se fosse uma criança perdida em um furacão, olhou para o céu, para as estrelas e elas desapareceram e com elas, o lago, o vulcão, a lua, o mundo inteiro. Apenas ele e ela permaneceram, como se o resto do universo estivesse se escondendo para não impedir a reunião, após tantos anos de espera, do chefe mapuche Tupaq e de sua princesa mapuche. Beijando de novo e de novo, como se os dois achassem que era o último a fazer, seus corpos se entregavam repetidamente ao jogo do amor. Ele entrou nela e parecia que, como seus corpos se uniam, assim como suas almas, e depois de ter esperado tanto tempo, ele pensou com lágrimas nos olhos que se houvesse um dia perfeito para ser o último, poderia não há melhor. Quando seus corpos derramaram todo seu desejo, os dois motoqueiros, exaustos e suados, mas incapazes de se afastar um do outro, deitaram—se na margem, ao lado da bela araucária. Daniel se sentiu calmo, invadido por uma enorme calma como não sentia há muito, muito tempo. Camila o abraçou e acariciou gentilmente a árvore da vida em suas costas, como se com suas carícias quisesse desviar a seiva primordial de seu tronco e galhos e respirá—la em suas veias, para que ela corresse através deles, vivificando—o e afastando—o da morte. Daniel, por sua vez, beijou a tatuagem no ombro dela, o símbolo mapuche dos olhos que podem ver a alma.

—Por que agora? — perguntou ele de repente.

Essas foram as primeiras palavras ditas depois que seus corpos pararam de falar. Ele as proferiu sem realmente saber o porquê, convencido de que ela não iria respondê—las. Ele olhou nos olhos dela e achou que eles eram ainda mais bonitos depois de fazer amor. Mas a tristeza ainda estava neles, agora, talvez até mais do que antes. Na verdade, Camila não respondeu. Ela voltou seu olhar para a imponente montanha de Rucapillán, que ela havia observado silenciosamente enquanto faziam amor, e permaneceu em silêncio. Daniel não insistiu, ele permaneceu abraçado por ela, sentindo o suave bater de seu coração através de sua pele, e ele também olhou para o gigante vulcânico. De repente, uma ideia um pouco insensata lhe veio à cabeça.

—Se alguma coisa, alguma vez me acontecer — disse ele — se eu morrer, eu o protegerei onde quer que eu esteja... Eu prometo...

—Você não vai morrer", ela negou, sem olhar para ele. Não diga essas coisas.

—Eu só queria que você soubesse", disse ele, beijando—a ternamente na cabeça.

Ele se sentiu em paz consigo mesmo, e parecia que nada poderia quebrar esse sentimento, mas inesperadamente um pensamento perturbador saiu de toda a quietude que corria pelo seu corpo. Talvez tenha sido a imagem do vulcão silencioso sob as estrelas que o trouxe. Ele sabia que era uma ideia absurda, mesmo assim não podia deixar de tremer com o pensamento. Ocorreu—lhe que Ruca—Piptan os observava enquanto faziam amor, e, ao contrário da última vez, ela não havia libertado sua fúria de lava e fogo. E ele percebeu que agora que tinha estado com ela, não queria mais morrer. Ele sabia que o que havia acontecido naquela noite no lago o havia agarrado desesperadamente, e de repente ele sentiu o medo da morte vir sobre ele novamente. Mas havia algo que o assustava ainda mais, algo que ele sabia que era impossível de acontecer, mas que ele não podia deixar de pensar. A ideia de que Rucapillán estava esperando para tirar dele sua princesa Mapuche, que, dentro de suas entranhas rochosas, ódio e ciúmes preparavam uma terrível deflagração, e que naquela mesma noite, o deus da montanha viria por Camila, sem que nada ou ninguém pudesse impedi—lo. Ele a abraçou com força, e sussurrou suavemente no ouvido dela duas palavras que ela jamais pensaria ter proferido naquele dia: "Eu te amo".

Seus lindos olhos olharam para ele, e ele descobriu que estavam cheios de lágrimas, mas também cheios de medo. Ele então olhou sobre sua cabeça para a montanha, com medo de que Rucapillán pudesse tê—ló ouvido. Do vulcão escuro nada lhe veio, a não ser seu olhar silencioso de pedra, e Daniel pensou que teria preferido uma erupção terrível como a do outro dia àquela calma estúpida e sinistra, e àquele silêncio cheio de ameaças.

CAPÍTULO 19

Sob suas pálpebras fechadas, suas pupilas perceberam o brilho que o novo dia trouxe. Em sua cabeça, ainda um pouco letárgica do sono, flutuava como uma quimera distante a imagem de Camila nua, abraçando—o. Ele abriu os olhos e viu que não tinha sido um sonho, e pensou que, se tivesse sido, tinha atravessado o mundo inconsciente da fantasia para se tornar realidade. Ao seu lado, na mesma cama, na qual mal havia espaço para os dois, dormiu sua princesa Mapuche envolta em um turbilhão de cabelos encaracolados. Acima dela, do outro lado do quarto, ele podia ver a outra cama desfeita. Na fraca luz da manhã, a menina dormindo parecia um presente dos deuses, e Daniel sentiu seu peito transbordando de felicidade. Mais um dia e ele ainda estava vivo. Mais vivo que nunca, na verdade. Ele ficou parado, olhando para a mulher dormindo ao seu lado, como se não acreditasse que ela estava ali, quase com medo de fechar os olhos, caso fosse apenas uma miragem que iria se desvanecer.

pouco antes de eu abri—los novamente. Ele pensou que era isso que queria ver para o resto de sua vida quando acordasse, todas as manhãs de cada mês de cada ano... Então ele percebeu que talvez não houvesse mais anos, não haveria mais meses, e um pensamento inoportuno lhe trouxe a imagem do vulcão. Ele fez um esforço para tirar essa visão sombria de sua mente. Talvez o velho Mapuche que ele ia encontrar hoje pudesse dar—lhe informações que o ajudassem a conjurar o perigo, afastar para sempre essa ameaça antes que o pesadelo em forma de máscara de pássaro se tornasse uma realidade.

—Eu sei que você está olhando para mim", disse a adorável voz de Camila, "mas eu ainda não abri meus olhos".

—Mmm..." Daniel murmurou, esticando um pouco os membros e não teve medo de acordá—la. E como você sabe?

Algum truque do Mapuche?

Ela abriu os olhos e para ele parecia como se duas janelas para o céu estivessem se abrindo.

—Tive um pressentimento", respondeu ela com um lindo sorriso que parecia ter sido pintado em seu rosto pelo próprio Deus.

Daniel arrancou seu cabelo do rosto dela gentilmente. Ele tinha se acostumado a fazer isso e adorou. Ele pensou que essa garota tinha trazido de volta sentimentos que haviam sido enterrados por muito tempo. Era como se seus sentidos voltassem ao passado e ele sentisse a vida novamente com a força e intensidade de um adolescente. Ele olhou para Camila e lhe pareceu que estava olhando para uma mulher pela primeira vez, como se em seu corpo, em seus gestos, em sua voz, ele estivesse descobrindo a vida novamente, como se nunca tivesse amado mais ninguém antes. Ele se aproximou dela lentamente e gentilmente beijou seus lábios. Ela se abraçou a ele e trancou suas pernas com as dela, como se ele temesse que ela escapasse. Daniel não precisava mais que seu corpo respondesse como se alguém tivesse apertado um interruptor que transmitia uma corrente mágica para o seu corpo.

—Não vá muito longe", ela o parou, mas sem muita convicção. ... Veja a hora anterior, nos encontramos às onze...

—Não posso parar", protestou ele, acariciando—a e beijando seu pescoço. Eu não sou mais o meu próprio mestre... Eu sou apenas um fantoche.

—Que bobagem é essa? —Lhe riu sem deixá—lo.

—Que você me enfeitiçou com seus feitiços Mapuche, e minhas mãos só fazem o que você quer, então você é o único culpado. —Ele levantou uma mão fingindo que estava fora de controle e tentou segurá—la com a outra mão, como se estivesse tentando com todas as suas forças sem poder impedir que ela fosse ao seu peito. Viu? Eu não posso fazer nada!

—Palhaço! —saiu rindo, beijando—o e pressionando o corpo dela contra o dele.

Fizeram amor e depois, um pouco apressados, pois já era tarde, tomaram um banho e saíram da sala. Foram para Berlim, um café elegante e aconchegante, onde tinham combinado de encontrar Aukan, o sábio mapuche conhecido de Camila. Ficaram aliviados ao ver que ele ainda não tinha chegado; não gostariam de tê—ló feito esperar, pois, segundo Camila, isso poderia ser considerado desrespeitoso. Eles pediram um café com leite servido em tigelas no estilo Berlim e, por recomendação do garçom, um delicioso sprit—zkuchen para acompanhar.

Não demorou muito para que o velho Aukan chegasse. Daniel calculou que ele poderia ter uns setenta e cinco ou oitenta anos, embora parecesse reter uma energia e um vigor inapropriados para a sua idade. Ele tinha traços angulosos, mas distintos, cabelos pretos mal visitados pelos cabelos grisalhos, e uma infinidade de rugas sulcavam seu rosto bronzeado pelo sol. Antes que Camila lhe dissesse que era ele, Daniel o havia reconhecido por suas roupas. Ele usava um poncho tradicional mapuche e uma faixa de cabeça amarrada na testa, e suportava o peso de seu corpo, ligeiramente dobrado ao longo dos anos, sobre um bastão de madeira esculpida, cujo cabo tinha a forma de um lagarto ou de uma cobra. O único elemento discordante com o traje era um chapéu de panamá com um tom de creme, no estilo ocidental. Daniel sentiu que seus gestos delicados e cerimoniosos lhe davam uma aura de autoridade. Os dois motoqueiros se levantaram assim que o viram entrar e Camila o cumprimentou amigavelmente, mas com deferência, mesmo com um certo medo reverencial. O índio olhou com curiosidade para Daniel com seus olhos cinzentos e lacrimejantes. Para ele eles pareciam tão velhos quanto o próprio mundo, mas, embora desgastados de tanto olhar ao longo dos anos, mantiveram seu brilho e vivacidade.

Aquele olhar quase sobrenatural o lembrava de algo. motociclista, mas eu não sabia exatamente o quê.

—Obrigado por ter concordado em nos ver", disse Daniel em jeito de saudação.

—Teria sido indelicado não o fazer", respondeu o velho com um sorriso enquanto tomava seu lugar na frente deles. Especialmente quando o pedido vem da neta de Aimara.

—Eu te agradeço, Lonco", disse Camila, sorrindo de volta para ele, embora ele não conseguisse esconder o desconforto que sentia pela sua família.

—Lonco? —Daniel se perguntou.

—Lonco é o nome dado ao chefe de uma tribo ou clã Mapuche", explicou ela.

—Só um pobre homem velho com uma doença", disse Aukan, baixando o título enquanto suavemente acariciava o cabo de seu bastão com as finas falanges que tinham sido um pouco deformadas pela artrite. A idade dos grandes líderes do nosso povo está perdida na névoa distante do tempo. —Então ele olhou para Daniel com seus olhos bondosos e disse: "Diga—me, o que o trouxe até mim?

Camila e Daniel explicaram a história em detalhes para os Mapuche, e ele ouviu atentamente tudo o que eles tinham a dizer. Quando terminaram, o homem refletiu por alguns momentos e depois disse

— "Eu acho que o seu amigo Mapuche tem razão. Eu não poderia dizer com certeza, porque há muitas tradições do nosso povo e nem todas têm uma interpretação unívoca, mas pelo que me dizem, tudo aponta para o fato de que a feiticeira—pássaro vai te visitar em breve, rapaz. Lamento muito.

—Mas por que eu? — perguntou Daniel, enquanto sentia a pele rastejar quando ouviu o nome daquele personagem maligno. Eu não fiz nada...

—Como me disse seu amigo, pode ter algo a ver com sua companhia... — especulou o velho. Cinco caixas, cinco empresas, cinco sócios.

—Mas eu não tenho nada a ver com a minha empresa", desesperou Daniel. Quero dizer que eu não participei de nenhuma de suas atividades... É administrada por profissionais que prestam contas a uma diretoria.

—O senhor quer dizer que o pastor não é responsável pelo que suas ovelhas fazem?

Daniel olhou maravilhado para o velho Mapuche. Ele não podia acreditar que estava justificando acusá—ló de algo que ele não tinha feito. Ele sentiu uma onda de raiva vindo sobre ele.

—Eu nunca pensei em dizer isso", ele respondeu acalorado.

Mas me parece que o povo mapuche é injusto.

Camila apertou a mão de Daniel com força, como se quisesse incitá—ló a se calar, mas ele olhou para ela sacudindo a cabeça e depois olhou para os Mapuche novamente.

—Não. — Isso não é justo. É a mim que eles querem matar. Pelo menos eu vou dizer o que penso.

—Por favor, Lonco, não dê ouvidos ao meu amigo", implorou Camila ao velhote. Medo e desespero falam da boca dele.

—Não, Camila, o menino tem razão — disse Aukan lentamente. Ele é o único que vai morrer. Ao menos ele deveria ter permissão para falar.

—Por que você diz que eu vou morrer? — perguntou Daniel com crescente excitação. Isso ainda está para ser visto.

O chefe Mapuche olhou para ele com tristeza.

—Se é verdade que a ave—bruxa está atrás de você", disse ele com pesar, "então a história já foi escrita.

—Bem, eu vou reescrevê—la! —disse o motoqueiro, levantando—se e fazendo um movimento brusco.

—Daniel! —exclamou Camila, assustada.

Ele se voltou para ela e descobriu um apelo silencioso em seus lindos olhos. Então ele percebeu que seus nervos o haviam traído e que nem ela nem aquele pobre velho eram seus inimigos. Ele se envergonhou e se sentou novamente. Ele estava tremendo.

—Vos peço perdão, Aukan — disse ele, sentindo sua raiva se transformar em tristeza. Não é sua culpa, e eu o desrespeitei quando veio aqui para me fazer um favor... Eu não sei o que me aconteceu...

—O que está errado com você é o que você esperaria que acontecesse com qualquer um que estivesse ameaçado de morte", respondeu docemente o Mapuche, enquanto colocava sua mão nodosa sobre a de Daniel. Você está confuso e bravo... Às vezes nos rebelamos contra nosso destino ao invés de assumi—ló, e isso é doloroso.

—Eu entendo o que você está dizendo, Aukan — disse Daniel com mais calma — mas eu não vou aceitar que vou morrer assim mesmo.

—O que quer que aconteça vai acontecer", disse o velho, "só posso te dizer que se você realmente está sob o olhar da bruxa—pássaro, não há muito que você possa fazer". Os Deuses estão exigindo reparação, e eles fixaram a quantidade de reparação em cinco almas. Nem uma a mais, nem uma a menos.

—Mas isso não é justo", repetiu Daniel.

—Justiça é algo que todos imaginam na cabeça de uma maneira diferente", disse Aukan, "e ninguém vê da mesma maneira". Todos achamos que deve nos favorecer, quando, na verdade, não deve favorecer ninguém, porque favor é algo feito a uma pessoa em detrimento de outra".

—Mas eu não posso ser responsabilizado por atos que não cometi", insistiu Daniel, que virou nervosamente a tigela sobre o prato.

—Não é assim que os deuses mapuches o vêem", objetou o velho chefe.

—Não quero ofendê—ló, Aukan — disse Daniel, tentando escolher suas palavras para não ofender o velho, pelo qual Camila parecia ter um profundo respeito — "mas sua cultura é diferente do Ocidente". Nossas leis penais exigem punir uma pessoa que é responsável, e associam essa responsabilidade a um ato". E isso é uma parte fundamental do que consideramos civilização.

Os olhos de compaixão dos mapuches brilharam como uma brasa ardente quando ouviram aquelas palavras, e seu rosto se transformou por um momento no de um deus vingador. Então Daniel sabia o que aquele olhar cinzento do velho lhe lembrava: os olhos de um lobo. Ele tinha a impressão de ter ido longe demais, e estava prestes a se desculpar quando viu que, após alguns momentos, o olhar do velho tinha voltado à sua aparência tranqüila e calma.

—Civilização? —fez o velho com um triste sorriso. Na verdade, nossos conceitos de muitas coisas diferem de você. Antes da chegada dos ocidentais com sua civilização, nossas terras eram cobertores de vegetação que compartilhávamos com os animais, e todos nós, as árvores, os animais e os homens, nos sentíamos como irmãos, filhos da terra.

Daniel permaneceu em silêncio. Percebeu que o homem era muito íntimo e não se agarrava aos seus argumentos de progresso e, na verdade, não era muito claro sobre o que se poderia chamar de progresso e o que não se poderia chamar de progresso. Ele amava a natureza tanto quanto amava, e sempre pensou que os avanços tecnológicos tinham que ser cuidadosamente combinados com a natureza.

Há cerca de quinze ou vinte anos — continuou o Mapuche — as florestas ao redor de Pucón e em toda a Araucanía eram ainda mais verdes e mais exuberantes". Mas uma série de incêndios incendiários com um claro propósito econômico devastou vários hectares, devastando o patrimônio natural de nossos ancestrais. Milhares de animais e plantas foram devorados pelo fogo do que se chama civilização. Até levou algumas vidas humanas... — O olhar cinzento do índio parecia perdido em algum lugar da história que ele contava, como se ele mesmo estivesse contemplando naquele exato momento as chamas, a morte e a devastação. Levou muitos anos para reflorestar parte daquele deserto e nunca mais será o mesmo. Mas ninguém pagou por isso. Essas leis criminais de que fala não colocaram os responsáveis na cadeia. Isso é civilização?

—Não... claro que não, —replicou Daniel um pouco confuso. —Mas só porque nossas leis nem sempre funcionam, não significa que não sejam justas...

—conto uma história, se você me permite", disse o Mapuche. Daniel acenou com a cabeça e o chefe índio começou sua narração.

—Muitos milhares de anos atrás, o deus—sol criou os primeiros Mapuches e os deixou à sua sorte na superfície árida da terra. Como não tinham nada para comer, estavam com fome e Kuyén, a deusa da lua, teve pena deles, então ela pegou um pedaço de sua própria pele e o espalhou sobre o solo estéril, transformando—o imediatamente em um pomar vil. Depois ofereceu—o aos humanos, e disse—lhes que poderiam usá—ló de acordo com suas necessidades. Os homens e mulheres então tiraram das florestas o que precisavam e viveram em harmonia com a natureza por um tempo. Mas um dia fatídico, um homem chamado Hueicha, que significa guerra, levou mais do que precisava e acumulou uma grande quantidade de peles, para as quais precisava matar muitos animais, e construiu para si mesmo um enorme palácio com centenas de troncos de árvores que teve que cortar, deixando a floresta descoberta. E embora a um custo enorme, ele se tornou um homem muito rico. Depois de um tempo, ele teve um filho a quem chamou de Alhué, que significa "alma perdida".

Anos após a morte de seu pai, Alhué recebeu uma estranha visita. Um dia, ele estava em seu palácio desfrutando de sua riqueza, quando uma velha mulher se aproximou dele e disse que seu nome era Sayen, que significa mulher de grande coração. Quando lhe perguntaram o motivo de sua visita, Sayen respondeu que ela tinha vindo de uma longa viagem e estava cansada, então ela pensou que naquele lugar opulento onde os bens abundavam, eles lhe permitiriam descansar um pouco e lhe ofereceriam alguma sombra e alguma água e comida para se recuperar do cansaço da viagem. Alhué disse—lhe que gostaria de poder oferecer—lhe aquelas coisas de que precisava, mas que não podia, porque um mínimo de justiça o impedia. Sayen perguntou, intrigado, que tipo de justiça é essa que nega água e pão a quem precisa? Alhué respondeu com outra pergunta:

O que você acha que é merecer? A velha pensou por alguns segundos e depois respondeu: merecer é colher o que você plantou, ou seja, receber algo de acordo com suas ações. Exatamente, concordou Alhué. Então, como você não fez nada para que eu lhe desse água ou comida, seria uma injustiça para mim fazê—lo. Diga, depois de refletir por alguns momentos sobre as palavras do filho de Hueicha, perguntou—lhe: "Não... é verdade que foi seu pai quem construiu tudo isso..." "É verdade", respondeu Alhué, surpreso. "De acordo com isso, disse a velha, não deveria ser você a desfrutá—la, pois você não fez nada para possuí—la". Alhué ficou perplexo com esse argumento, mas rapidamente acrescentou: "Nós, as crianças, somos herdeiros dos nossos pais, e por isso merecemos receber os frutos de suas ações, mesmo que não tenhamos participado delas".

A velha retirou então o manto que cobria o braço e mostrou ao Mapuche uma ferida que o perfurava de um lado para o outro. O yaga escorria pus e estava cheio de vermes, e dele emanava um fedor horrível de putrefação. Alhué ficou horrorizado ao vê—ló e enviou seus servos para expulsar de seu palácio aquela velha que viera para privá—ló de sua felicidade, mostrando—lhe a fealdade de seu corpo. Quando os servos iam obedecer, uma maravilhosa luz branca inundou a sala em que eles estavam e a velha mostrou sua verdadeira natureza transformando—se em Kuyen, a Deusa Lua. Alhué se afastou aterrorizada e implorou para não machucá—la. Kuyen aproximou—se dele e disse—lhe que só queria ser justa com ele e dar—lhe o que ele merecia. Ela lhe mostrou seu braço nevado e na beleza de seu jovem corpo, a terrível ferida permaneceu aberta. "Este — disse a deusa lua — é o lugar onde estava minha pele, que de bom grado dei aos mapuches para que eles pudessem usá—la de acordo com suas necessidades". Mas seu pai tomou muito mais do que precisava, e por isso minha ferida apodreceu e eu sofro uma dor insuportável contínua. Para restaurar a ordem das coisas, devo devolver este palácio à floresta e castigar—te com a morte. "Mas por que — gritou o filho de Hueicha com medo — se eu não te fiz nada". "De fato", aceitou Kuyen.

"Mas você é herdeiro de seu pai e, como você disse, os filhos merecem receber os frutos das ações de seus pais, mesmo que não tenham participado deles, não é assim? Alhué abriu a boca para responder, mas não encontrou nenhuma palavra que pudesse falar a seu favor, pois de fato percebeu que se, como ele havia dito, podia tirar o bem que seu pai havia conseguido com suas próprias ações, nas quais ele não havia participado, também deveria responder pelas más ações de seu pai, mesmo que ele não tivesse participado delas. No exato momento em que percebeu isso, a luz branca da deusa da lua tornou—se muito mais intensa e sua luminosidade destruiu o palácio e o próprio filho de Hueicha, que explodiu com toda a sua riqueza em milhares de minúsculas partículas de pó, que foram levadas pelo vento para a floresta, de onde nunca deveriam ter vindo. A ferida no braço de Kuyen sarou instantaneamente e o equilíbrio da natureza, assim como a justiça, foi restaurado.

O velho Lonco terminou sua história e olhou com seus lindos olhos de lobo para o motociclista, mas este, como o índio Alhué da história, não encontrou nada a dizer.

Então, três pessoas entraram no lugar, o que era muito familiar para Daniel, mas que ele levou alguns segundos para reconhecer. Eram os três motoqueiros que acompanharam Camila no dia em que ele a encontrou no bar na estrada. Quando percebeu isso, recorreu à sua amiga para fazê—la notar, mas viu que ela havia mudado de cara e olhou para eles com uma expressão aterrorizada. Estranhamente, ele virou o olhar para eles e viu aquele que eles chamaram de Cholo dar um passo adiante para os outros dois e se aproximar da mesa em que eles estavam com um sorriso de abutre em seu rosto. Ele se surpreendeu de estar ao lado de Oscar, o motociclista Mapuche, e Tomás, o mais novo dos três, pois Camila lhe havia dito que eles não o conheciam e que, se ele estava sentado com eles naquele dia, era apenas porque havia sido convidado a fazê—ló por cortesia para com o motociclista.

Quando o Cholo chegou onde eles estavam, ele deu um aceno respeitoso a Aukan.

—Eu te saúdo, Lonco", disse ele deferencialmente ao chefe.

Ele respondeu com outro aceno de cabeça. Daniel não entendeu nada. O que aqueles homens poderiam ter sabido? Então o Cholo sorriu novamente com um sorriso sob seu bigode desagradável e, olhando para a bela motociclista, que parecia petrificada de medo, disse:

—O que foi, Camila? —Você não vai cumprimentar o seu namorado?

CAPÍTULO 20

No começo, Daniel não entendia bem o que o cara queria dizer com seu namorado, mas, vendo o olhar de desolação no rosto de Camila, ele começou a dar sentido a isso. Será que ele estava insinuando que eles estavam namorando? Ele olhou para ela em confusão, embora em nenhum momento tenha ocorrido a ele que isso pudesse ser verdade.

—Camila? — disse ele.

—Daniel... — ela respondeu com uma voz, "não é o que você pensa... Essas palavras sem originalidade tinham um significado claro para qualquer um que as tivesse ouvido. Mas não eram as palavras em si que lhe diziam algo, Camila poderia ter escolhido qualquer outra, mas o efeito teria sido o mesmo, pois era o rosto dela que falava. Tudo nele expressou muito mais claramente do que suas palavras que esse cara não estava mentindo, e Daniel ficou sem palavras. Ele não se atrevia a verbalizar seus medos, a pedir—lhe que se explicasse. Só não queria ouvir o que ela tinha a dizer, não queria que ela confirmasse o que ele já sabia, pois essa confirmação seria o golpe mais duro que alguém poderia dar a ele naquele momento. Mesmo assim, Camila falou:

—Eu deveria ter dito a você", disse ela, mal segurando suas lágrimas, "mas não tive a chance". Eu saí com ele algumas vezes, só isso... Mas foi antes de te conhecer...

Daniel não podia acreditar no que ele estava ouvindo. De todas as coisas que ele tinha ouvido nos últimos dias, e tinham sido muitas e muito estranhas, nenhuma lhe tinha parecido tão absurda ou doía tanto quanto aquela. Como era possível que...?

Ele balançou a cabeça negativamente, como se não entendesse bem o que eles estavam dizendo, e se levantou da mesa.

—Por favor, espere...". Camila suplicou.

—Não tenho mais nada a lhe dizer", respondeu ele, preparando—se para partir o mais rápido possível.

Ao passar pelo Cholo, ele largou com um sorriso de cobra:

—Beijar bem a minha namorada, hein?

Quando Daniel ouviu isso, sentiu o sangue ferver em suas veias e se voltou para ele, dando—lhe um soco no rosto e fazendo—o cair no chão.

—Daniel! —disse a Camila, assustada.

Olhou para o Cholo com os punhos cerrados. Ele se levantou para revidar, e enquanto os dois homens pulavam um para o outro, o bastão de madeira de Aukan veio entre eles com um golpe brusco no chão. De alguma forma, ambos os lados sentiram que esse era um comando inegável. Daniel olhou nos olhos do lobo cinza do Mapuche, que silenciosa e inconfundivelmente exigiu que ele parasse. Então ele olhou para o Cholo com raiva, mas parecia ter parado suas intenções, como se o gesto de Aukan fosse uma sentença para ele. Daniel respirou fundo para se acalmar e decidiu partir. Mas ele sabia, simplesmente ao ver o olhar irado do Cholo, que ele havia feito um inimigo para a vida. Suas palavras confirmaram imediatamente essa impressão.

—Você não sabe o que fez, motoqueiro", disse ele, limpando a palma da mão sobre um pequeno jato de sangue que havia escorrido de sua boca como resultado do soco que recebera. Sem dizer adeus, Daniel deu meia volta e saiu do local. Ele correu para o hotel, possuído pela fúria. Mal podia respirar, e sua mente foi bombardeada por uma sucessão de imagens mostrando Camila e o Cholo juntos. Ele não conseguiu resistir. Ele não conseguia entender. Ele nem pensou em subir ao quarto para pegar suas coisas, ele tinha que sair de lá o mais rápido possível. Enquanto entrava na motocicleta, viu Camila correndo até ele com o rosto dilacerado em lágrimas.

—Daniel, por favor, só te peço que me ouças! — Daniel, por favor, só estou pedindo para você me ouvir!

—Não preciso ouvir nada para saber o que aconteceu. —Você vai me dizer que meus olhos me enganaram? —Ele rugiu, tentando não estourar em lágrimas ele mesmo, quando começou a motocicleta.

—Eu te disse — ela disse, sem ousar tocá—ló — eu não te conhecia. Só saímos algumas vezes... mas isso não significa nada para mim...

—Você já disse isso", ele respondeu tremendo, com um olhar que assustou a garota.

—Eu não te conhecia", repetiu ela. Só porque eu não te falei do meu passado, não significa que eu não tivesse um...

Daniel olhou para ela, e seus olhos cheios de fogo se encheram de repente de profunda tristeza.

—Não é isso", disse ele.

—Então o que é isso?

—É sobre você estar me dizendo que não o conhece. É sobre você estar mentindo para mim todo esse tempo.

Seus olhos opalinos permaneceram olhando para ele, cheios de lágrimas e indefesos, mas sua boca não sabia o que dizer. Daniel olhou para eles e percebeu que a dor os tornava ainda mais bonitos, que mesmo em um momento como esse eles possuíam uma tonalidade especial.

—Você mentiu para mim, Camila. É só isso, nada mais", repetiu enquanto sentia o coração partido ao mencionar o nome dela. Ele colocou a força no guidão e sem dizer mais uma palavra a moto começou a abandonar uma poeira espessa.

Camila, cheia de dor, viu—a desaparecer quando se transformou em um cruzamento no final da rua. Algo dentro dela lhe disse que ela nunca mais o veria.

CAPÍTULO 21

A viagem de volta se tornou um inferno para Daniel. Ele sentiu uma dor tremenda agitando dentro dele como se um animal faminto estivesse devorando suas entranhas. Ele não teria rolado mais de vinte ou trinta quilômetros quando teve que parar na vala, porque sentiu que suas forças estavam se esgotando. Ele saiu da bicicleta e tirou o capacete para poder respirar, levantou a cabeça para o céu, e gritou de dor. Então ele quebrou em um grito inconsolável, como se não tivesse chorado por muitos anos, como se estivesse segurando todas aquelas lágrimas para libertá—las naquele dia naquele lugar. Um casal de motoqueiros parou na beira da estrada para ver se ele precisava de alguma coisa, e ele agradeceu a eles e disse que estava bem. Não muito convencidos, eles começaram a recuar. Era óbvio que algo estava errado com ele, mas eles não queriam atrapalhar. Daniel sentiu vergonha de tê—ló visto naquele estado. Ele voltou para a motocicleta e voltou à estrada. O dia parecia ter se misturado com seu humor, e o céu começava a acumular nuvens negras que envolviam a estrada no horizonte, como se um deus sofredor escorregasse sua ferida para a terra. Daniel rezou para que não chovesse, ele tinha que chegar a Santiago o mais rápido possível, precisava colocar alguma terra entre ele e Camila, e não se importava que isso não mudasse nada, ele só queria fugir, mesmo sabendo, no fundo, que mesmo que pegasse um avião e fosse para o outro lado do mundo, ele levaria a dor com ele.

Felizmente, o céu resistiu a descarregar sua chuva, embora também tenha capturado os raios do sol com suas nuvens, semeando escuridão ao longo do caminho. Essa mesma escuridão era o que ele sentia por dentro.

Escuridão, dor e vazio. Nem mesmo andar de moto o confortava, pois, ao contrário de outras vezes em que se sentia mal, a estrada servia de bálsamo, agora era justamente o mesmo remédio que o envenenava. O ar, o asfalto, a grama, os postes elétricos, os carros, as motocicletas, as vacas... Tudo o que a estrada trazia para ele lembrava Camila e se tornava insuportável. Ela começou a acelerar e, sem perceber, as rotações do motor aumentaram perigosamente até ultrapassar a velocidade permitida. Quando percebeu isso, seu coração começou a bater forte e, por um momento, atravessou sua mente para continuar acelerando. Ele se lembrou de sua mãe e seu irmão. Depois veio a imagem de olhos tão azuis como as águas da Coréia e tão bonitos como a noite. Parecia que a vida estava tentando tirar—lhe tudo o que ele queria. Por que ele não poupou o trabalho da ave—bruxa? Não era para ele se matar de qualquer maneira? Não seria melhor morrer lá, na meia—noite dele, do que ser esmagado em uma calçada quando ele caiu de um prédio? Não, ele não ia morrer agora, nem ia deixar o mago empurrá—ló para o abismo. Ele iria enfrentá—ló e enfrentar sua dor também. Ele respirava fundo e começou a desacelerar, e pouco a pouco, seus ombros, seu pescoço e seus braços começaram a relaxar, à medida que a pressão que a velocidade estava exercendo sobre eles diminuía. Um pouco depois ele viu uma área de serviço e decidiu parar para uma pausa. Ao descer da moto, percebeu que era a mesma em que ele e Camila estavam quando voltaram de Pucón juntos. Ele não tinha notado antes porque estava chovendo muito naquela época. Ele estava prestes a voltar em sua meia—noite e sair dali, mas algo o empurrou para dentro, e não só isso, levou—o a escolher a mesma mesa onde ambos tinham se sentado da última vez, ao lado de uma enorme janela que não lhes permitia ver nada por causa do espesso manto de chuva.

Desta vez ele podia ver a paisagem, e isso lhe parecia tão escuro e desolado quanto a sua alma. Ele respirava muito o ar gorduroso que flutuava na sala, como se o cheiro familiar o trouxesse de volta a tempos mais felizes, e ele tirou o maço de cigarros do bolso do casaco para acender um cigarro. Junto com o maço, ele também tirou uma foto inadvertidamente. Foi uma daquelas tiradas enquanto ele dormia.

Ele a manteve longe dos outros e a guardou para si mesmo porque gostava dela. Lá estava ele na cama, descascado e meio coberto pelo lençol, provavelmente depois de uma noite de festa, porque o dia parecia bastante avançado a julgar pelo brilho que entrava pela janela. Ou talvez ele estivesse apenas tirando uma soneca. O que quer que fosse, ele era visto em harmonia, num sono tranqüilo, como se nada neste mundo o perturbasse. Foi por isso que ele o escolheu, por aquela sensação de paz de que tanto precisava. Ao seu lado, ele estava descansando em uma cadeira, ao lado de um par de cuecas e calças que ele tinha vestido de qualquer maneira, a camiseta de seu irmão. O Zippo também estava na foto, apesar de ser pouco visível. A foto mostrava o brilho que um raio de sol tinha pintado nela. Ele achou que sentia muita falta de Benjamin e, como se esse pensamento tivesse despertado o veneno da aranha que estava agachada na mão, sentiu uma picada na ferida. Ele deixou a fotografia sobre a mesa e olhou para a parte de trás de sua mão amaldiçoando. Já há algum tempo estava quase sem dor, e agora, do nada, a dor estava voltando. Então ele viu que a ferida havia se aberto um pouco, provavelmente como resultado do golpe que ele havia dado àquele imbecil no bar em Pucon. Embora ele não fosse canhoto, por causa da posição em que estava ao seu lado, era a mão que tinha usado para bater nele. A memória do Cholo no chão com a boca rachada o encorajava um pouco; tinha valido a pena, apesar de sua ferida doer agora. Ele acendeu seu charuto quando jovem e bastante atraente garçonete trouxe para ele uma Coca—Cola e algumas salsichas fumegantes em uma bandeja, acompanhadas de alguns anéis de cebola. A garota sorriu quando colocou a bandeja sobre a mesa e saiu. Daniel mal olhou para ela. Ele temperou tudo com um pouco de mostarda, cortou as salsichas em pedaços pequenos e experimentou um dos anéis de cebola, mas, como estava muito quente, preferiu dar tempo para esfriar um pouco e terminar de fumar o charuto antes de começar a comer. Ele olhou para fora novamente, que ainda estava escuro e sombrio. Ele não gostou da vista e olhou para os anéis de cebola que estavam em seu prato com um olhar desanimado.

Eu teria preferido que chovesse e trovejasse, como quando ele estava lá com Camila. Ele se lembrou que ela lhe havia dito que sua mãe lhe havia dito que o trovão era a voz do céu repreendendo os homens por suas más ações. Seus olhos fumegavam, e ele sentia como se um punho estivesse cerrado em seu peito, oprimindo seu coração. Ele deu um sopro profundo em seu cigarro e virou os olhos para fora. Um céu zenital caiu languidamente sobre a estrada, não se decidindo a jogar um pouco da água que lhe deu aquela triste cor de chumbo. O olhar angustiado de Camila veio à sua mente quando ela lhe contou sobre sua mãe. Aquela garota parecia ter muitos segredos. Mas isso não importava, ela não estava mais na vida dele, e nunca mais estaria. Ela soprou a fumaça do tabaco na vidraça da janela, e ela se espalhou sobre sua superfície como uma névoa sobre as águas de um lago. Quando a fumaça se dispersou, ele podia ver um cachorro sentado do lado de fora, a alguns metros de distância. Na verdade, parecia mais um lobo do que um cachorro. Ele estava olhando para ele com olhos tristes, o que o lembrava do velho Mapuche. Ele imaginava que tinha sido transformado naquele belo animal e que o seguia desde Pucón. Mas por quê? Para adverti—ló de algum perigo? Para lembrá—ló que o que quer que ele fizesse, ele não poderia escapar? Ele olhou novamente para a comida em seu prato e, para se distrair, arranjou com sua faca e garfo os anéis de cebola e os pedaços de salsicha manchados com mostarda para que eles desenhassem um rosto. Então ele sentiu os cabelos na parte de trás do pescoço em pé, ao perceber que a imagem resultante era muito parecida com a de uma terrível ave de vingança. Rapidamente ele rasgou a imagem. Tudo ao seu redor parecia estar se agrupando sobre ele, cada objeto, cada imagem, cada pessoa parecia vir de um conto fantástico, mais como um pesadelo, como se os temíveis personagens que o povoaram tivessem escapado de suas páginas na forma de sombras espectrais para assombra—ló e atormenta—lo. O lobo, a ave, o vulcão... Ele pensou naquele vulcão malvado, o ciumento Rucapillán, e a face odiosa do Cholo lhe veio à mente. Ele era o Rucapillán que havia sequestrado a princesa Ailín. A princesa era Camila. E o lobo que o seguia era o chefe Mapuche. Mas quem era então a ave—bruxa? Ele olhou para fora novamente e o cachorro tinha desaparecido. Ele pensou que estava ficando louco. Talvez fosse a ansiedade acumulada durante todos aqueles dias com a ameaça de morte pairando sobre ele. Ou talvez fosse a dor que a mentira de Camila tinha causado a ele. De qualquer forma, ele não queria mais pensar sobre isso, tinha que organizar suas idéias, manter sua cabeça limpa. Ele tinha que prometer a si mesmo tentar tirar a dor de sua mente, afastar aquela imagem que voltava sempre, o rosto de Camila, seus olhos, seu sorriso, pensar claramente e ser capaz de enfrentar o perigo. Ele tinha que se lembrar que agora estava sozinho. Sozinho. Ele deu seu último sopro no cigarro e o apagou em um cinzeiro.

Depois de dar um relato da refeição e tomar uma xícara de café

bem carregado com a intenção de se desembaraçar para retomar a viagem, ele pagou e deixou o local. Foi até sua motocicleta e quando estava prestes a subir nela, viu o cão olhando para ele novamente. Agora ele estava do outro lado da estrada, com a cabeça de fora por alguns arbustos em um pequeno bosque ao longo da estrada. Ele parecia muito mais um lobo agora do que antes, talvez ele fosse. Seus olhos, cinzentos e escuros como o céu, cintilaram por alguns momentos e depois desapareceram atrás dos arbustos. Daniel notou outra picada na mão e percebeu que havia deixado a fotografia sobre a mesa no bar. Não que ele se importasse muito em perdê—la, mas como ele estava lá, voltou para dentro para procura—la. Quando chegou em sua casa, viu uma garçonete que estava limpando a mesa onde ele havia comido. Ela não era a garçonete que o havia servido.

—Desculpe—me", perguntou ele, "você viu uma fotografia na mesa?

A garçonete, uma garçonete de quarenta e poucos anos, comedora de carne com bom aspecto, sorriu para ele e disse:

—Não posso te dizer; tudo é apanhado com a bandeja. Mas venha comigo, por favor, vamos perguntar ao meu parceiro.

Daniel a acompanhou até o bar.

—Não percebi bem", disse o gerente do bar. Joguei fora as bandejas que foram trazidas até mim. Espere um minuto, vou olhar através do lixo.

Daniel estava prestes a dizer a ela que não valia a pena, mas ela o deixou fazer isso. Depois de dois ou três minutos, o garçom voltou com a desolação desenhada em seu rosto.

—Lamento imenso", ele se desculpou, enquanto eu lhe entregava a foto, que havia sido dividida em duas.

—Não se preocupe, não era importante", disse Daniel, levando as duas peças.

Ele olhou para as superfícies manchadas de tomate e mostarda. Eles provavelmente teriam rasgado a fotografia em um lapso, ao lado dos guardanapos ou da toalha de mesa de papel que cobria a bandeja. Seu rosto tranqüilo no meio do sonho havia sido rasgado ao meio.

De repente, ele sentiu um arrepio passar pelo seu corpo enquanto se lembrava das palavras de admoestação do Mapuca:

Quando você quebra uma fotografia, está destruindo o receptáculo da alma da pessoa e colocando sua vida em perigo... Então, por alguma estranha associação de seu cérebro, os cinzentos e medrosos voltaram a aparecer mentalmente os olhos do lobo que o observava da mata.

CAPÍTULO 22

Não só as condições climáticas não melhoraram, como também se deterioraram à medida que Daniel se aproximava de seu destino. Era como se o céu quisesse enviar—lhe uma mensagem dizendo—lhe para não continuar, para dar meia volta e ir embora, que o lugar para onde ele ia era onde a morte o esperava. A escuridão se intensificava à medida que ele ia, e no horizonte as nuvens já estavam tão negras quanto enormes manchas de tinta.

Ele não conseguia tirar os olhos do animal. De certa forma, foi um alívio, porque não pensava em Camila dessa maneira. Entretanto, cada vez que ele os imaginava brilhando na escuridão novamente, a inquietação tomava conta cada vez mais de sua alma. Ele sabia que era estúpido, mas era impossível parar de imagina—ló como a reencarnação de Aukan. O olhar daquele velho Mapuche havia ficado gravado em sua mente. E assim, tinha suas palavras. Seria verdade que ele era digno de morte por algo que sua companhia havia feito? Ele sabia que não era assim, que nunca havia machucado ninguém e que não tinha ideia do que estava sendo feito em sua companhia. Mas isso era uma desculpa? Ele se lembrou da frase que o velho Mapuche havia dito a ele: O pastor não é o responsável pelo que as ovelhas dele fazem? Mas a questão não era essa, mas: o que as ovelhas tinham feito? O negócio da família tinha sido dirigido pelo pai até a morte, depois pelo irmão, e quando este desapareceu, a responsabilidade foi transferida para a equipe administrativa, embora sua mãe exercesse certas tarefas de supervisão. Quando ela morreu, o conselho de administração ofereceu a ele e a sua irmã a direção da empresa, mas ambos recusaram. Daniel não era uma pessoa que pudesse se ater à rotina de uma empresa, nem usava terno e gravata todos os dias. Isso teria feito com que ele se sentisse enjaulado. Ele precisava do ar, da estrada, da liberdade. De repente, um pequeno animal correu pela estrada na sua frente. Daniel tencionou seus músculos e segurou o guidão com força. Ele não tentou frear, porque sabia que, naquela velocidade, era mais fácil para a moto derrapar e arriscava se matar. Felizmente, o animal, que acabou sendo um furão, conseguiu alcançar o outro lado da estrada. Mesmo assim, seu corpo estava tenso pelo perigo e seu coração estava acelerado. Ele respirou fundo para se acalmar, e pensou que o animalzinho quase tinha feito o trabalho de feiticeiro—pássaro. Isso o fez sorrir, mas o sorriso desapareceu de seu rosto quando os olhos do lobo reapareceram em sua mente. Parecia que o belo e medroso animal havia entrado em sua cabeça com algum propósito. Como se fosse para avisa—ló de alguma coisa. Ou como se quisesse levá—ló através de sua mente até a morte. Isso o fez pensar na maneira como a suposta ave bruxa havia feito os outros parceiros do conglomerado cometerem suicídio. Ele achou bobo pensar que uma simples máscara tinha propriedades mágicas que levariam aqueles que a usavam a se jogarem pela janela. E achou ainda mais absurda a história de que o espírito da ave—bruxa os possuía e os obrigava a fazer o que ele queria. Nada disso fazia sentido. Mas as palavras de Aukan continuavam voltando para ele, sábias, terríveis, acusadoras. Ele achava que era verdade que não tinha se dedicado à companhia, que não queria se limitar a essa vida de papelada e intrigas, que tinha preferido a liberdade da estrada, os espaços abertos do mar. Mas se ele conseguiu fazer isso foi porque tinha as costas cobertas, porque não tinha que trabalhar, ou pelo menos não regularmente, porque era verdade que de vez em quando participava de alguma reunião, mas era mais uma pose do que qualquer outra coisa. Talvez o chefe Mapuche estivesse certo sobre isso e ele fosse como Alhué, o filho daquele índio ganancioso chamado Hueicha, que destruiu a pele da deusa da lua para criar seu império.   E se ele, como Alhué, desfrutou dos benefícios de sua companhia, não seria lógico que ele também respondesse pelos danos que causou? Mas qual foi esse dano? Ele pensou que tinha que descobrir, e decidiu que assim que chegasse a Santiago, iria à sede da empresa e investigaria sua atividade nos últimos anos. Ele não sabia quanto tempo levaria para consegui—ló, pois na verdade ele não sabia quanto tempo ainda lhe restava para viver, mas tinha que descobrir qual era aquele pecado pelo qual os espiões mapuches agora exigiam retribuição. Ele lembrou que Aukan tinha dito que a quantidade que os deuses tinham fixado a reparação era de cinco almas. Nem uma a menos. E a sua própria, a sua própria alma, era a quinta. Então, uma curiosa associação de pensamentos o fez lembrar o significado no Mapu—Dunga da palavra Alhué: 'alma perdida'.

Ele continuou seu caminho por mais algumas horas até chegar ao seu destino. Uma vez na cidade, seguiu para a zona norte e finalmente chegou à Grande Torre de Santiago, uma estrutura de quase duzentos metros de altura. Em um dos últimos andares desse prédio estava a sede do negócio da família. Daniel olhou para a superfície iluminada do arranha—céu. Embora ainda não estivesse escuro, como ele havia partido para a capital, o céu havia ficado cada vez mais escuro. Olhando para o prédio, ele tinha a impressão de que essa estrutura de aço, vidro e concreto era o epicentro da ira do céu, pois as nuvens que se juntavam sobre ele eram as mais negras e escuras de todas, e pareciam se espalhar sobre a torre como as asas de um enorme corvo demoníaco. No entanto, como um estranho presságio, a chuva ainda se recusava a cair.

Ele correu para os escritórios, onde os funcionários se cumprimentaram calorosamente. Sua presença não era muito comum naquele lugar, e muito menos quando ele estava vestido de jeans e jaqueta de couro, mas ele era o chefe e, embora nunca tivesse feito uso de sua posição para ser tratado de uma maneira especial, muito pelo contrário, ele só encontrou sorrisos pintados nos rostos dos funcionários. Ele se sentia triste e solitário. Percebeu que aqueles sorrisos não eram verdadeiros, nunca tinham sido. Alguém no topo não podia esperar sinceridade das pessoas que estavam abaixo dele. Ele sentiu como nunca um desejo terrível de voltar para Camila, de abraçá—la, de acreditar em todas as suas mentiras e esquecer que ela o havia enganado, de tomar banho com ela novamente nas águas do Lago Villarrica e de fazer amor com ela novamente. Lágrimas amontoadas atrás dos olhos dele, como chuva atrás das nuvens, lutando inutilmente para sair, porque ele, como o céu para chover, as segurava com força. Ele respirou fundo e tentou superar isso, não querendo dar uma imagem de fraqueza ou excentricidade na frente de seus funcionários. Foi ao seu escritório e pediu à secretária que lhe trouxesse todos os arquivos onde estavam registradas as operações conjuntas com as quatro empresas de seus sócios que haviam sido realizadas nos últimos anos. Ela não se opôs, é claro, embora achasse estranho o pedido feito por seu chefe, no final da tarde e vestido daquela maneira peculiar. Quando lhe trouxeram várias caixas cheias de documentos, ela ordenou que as colocassem em sua mesa e as deixassem sozinhas.

Ele olhou para aquelas caixas com a mesma apreensão com que teria olhado para uma fila de alienígenas. Ele não tinha ideia por onde começar. Estava além dele. Ele sempre foi extremamente preguiçoso com a papelada. Mas ele tinha que fazer isso. Resignado, ele olhou pela janela. A cidade a seus pés estava escura, apenas as luzes de alguns prédios subiam como figuras fantasmagóricas cercadas de neblina. Ele escolheu uma caixa ao acaso, sentou—se e a abriu. Começou a conferir os papéis, e após dez ou quinze minutos percebeu que era uma tarefa titânica. Tinham sido muitas, muitas operações, mas ele não fazia a menor ideia do que os loucos o acusavam, por isso não conseguia ver o assunto. Poderia até ser aquele mesmo documento que ele estava segurando em suas mãos na época. Ele sentiu uma enorme frustração e acendeu um cigarro para acalmar sua ansiedade. A fumaça se espalhou por seus pulmões e o fez tossir. Ele pensou que tinha que parar de fumar de uma vez, mas logo lhe ocorreu que talvez se tudo acontecesse como parecia, este seria um de seus últimos charutos de qualquer maneira. Em todo caso, ele não ia desistir. Ele decidiu começar a discriminar os documentos. Embora fosse possível que, ao fazê—ló, inadvertidamente deixasse de lado precisamente o assunto que procurava, não tinha tempo para tudo e precisava se concentrar em operações que tinham algo a ver com a região da Araucania. Era o que ele sentia que fazia mais sentido. Então ele percebeu que não adiantava passar pelos arquivos, mas que podia fazer uma primeira revisão dos dados que estavam armazenados no computador, e num segundo momento ele podia continuar com a papelada. Essa descoberta fez com que ele percebesse como era desajeitado nesses assuntos, mas foi um grande alívio para ele. Ele foi até seu computador e o ligou. A partir de seu terminal ele tinha que ter acesso a todas as informações. Ou assim ele esperava.

De repente, houve uma batida na porta e sua secretária entrou.

—Eles trouxeram um pacote para você", disse ele. O entregador está lá embaixo, diz que tem que fazer a entrega em mãos e exige a sua assinatura pessoal.

Daniel sentiu como se seu coração tivesse parado. Ele estava esperando há muito tempo para ouvir essas palavras, então eles não precisavam pegá—ló desprevenido. Mas ainda assim, o conhecimento de que ele tinha chegado, de que já estava lá, de alguma forma tornou realidade todos aqueles medos que o haviam assombrado nos últimos dias. Por fim, a ave—bruxa havia decidido visita—lo.

—Deixe que ele suba, por favor", disse Daniel.

Quando a secretária deixou a sala, ela pegou seu celular e discou um número.

Alguns tons foram ouvidos e então a voz de uma mulher atendeu.

—Olá, meu rapaz", cumprimentou Mapuca do outro lado da linha. Como você está?

—Mapuca", disse Daniel, tentando não deixar o nó que se formou em sua garganta afogar sua voz, "Estou te ligando porque chegou a hora?

—Não!" gritou a velha babá, que entendeu imediatamente o que estava acontecendo. Não abra, meu rapaz, não abra!

—Eu tenho que abrir, Mapuca", respondeu ele à beira das lágrimas. Eu só queria falar com você. Para ouvir sua voz. Preciso falar com alguém que amo antes...

Houve um silêncio do outro lado da linha e então o Mapuca perguntou:

— "E a Camila?

A voz de Daniel ficou presa na garganta dele quando ouviu esse nome. Ele não conseguia continuar falando.

—Daniel...?

—Oiça, Mapuca", disse ele, tentando recuperar o controle, "não se preocupe, eu não vou usar essa máscara".

—Não abra o pacote! —repetiu.

—Não posso mais falar...

—Onde você está?

—Estou no meu escritório.

—Chame a polícia, meu rapaz, por favor..." implorou Mapuca em lágrimas.

—Para quê? —Vou fugir assim destas pessoas? Eles não vão me mandar mais máscaras? Eu não quero viver sob uma ameaça contínua...

—Eu te imploro, Dani... —Ela insistiu.

Bateram à porta.

—Eu tenho que ir.

—Estou a caminho, não abra o pacote até eu chegar lá", disse Mapuca.

—Eu te amo, Mapu", respondeu Daniel e desligou.

Mapuca, desesperada, pegou sua mochila e correu para a rua. Enquanto caminhava até a praça de táxi, ela discou um número de telefone em seu celular.

Depois de desligar, Daniel pensou novamente em Camila. Ele não tinha ousado dizer a Mapuca que estava fora da vida dela. Eles ligaram novamente. Absorvido em seus pensamentos e desanimado, ele foi até a porta e a abriu. Um funcionário de uma empresa de transporte lhe deu um pacote embrulhado em papel pardo e uma nota de entrega para que ele assinasse ao receber a remessa. Assim que ele olhou para o homem, pegou a caneta e o papel que lhe haviam dado e assinou. Ele não se preocupou em olhar a cópia da remessa que lhe havia sido entregue;

certamente seria um nome falso. Com o pacote na mão, ele foi até a janela. A seus pés, a cidade ainda estava tomada pelo nevoeiro. Quando ouviu a porta fechar e soube que estava sozinho, desembrulhou o pacote e encontrou uma caixa exatamente como as outras que havia recebido. Embora ele soubesse perfeitamente o seu conteúdo, suas mãos começaram a tremer. Pela janela, ele podia ver sua imagem refletida contra o fundo da cidade nas sombras. Absurdamente, ele imaginou o pássaro feiticeiro lá fora voando através da escuridão, e esse pensamento lhe trouxe subitamente à mente o nome de Alhué, 'alma perdida'. Ele sabia que era irracional, que naquela caixa não havia espírito, que na verdade o pássaro—bruxa não existia, que era apenas uma velha história de esposas que só podia assustar pessoas impressionáveis como a Mapuca. Mas se era esse o caso, por que tremia? Ela mal reunia forças para abrir a caixa, pois seus dedos mal respondiam. Uma vez aberta, olhou para dentro, e sentiu o sangue parar em suas veias enquanto observava o olhar assustador do pássaro ro—ro. Seus olhos sinistros, negros como um escorpião mortal, pareciam se alegrar por finalmente se terem encontrado. Algo estava chamando Daniel da caixa, ou assim lhe parecia, como se uma voz daquele objeto estivesse chamando seu nome. Ele não ousava tirar aquela máscara vermelha na forma de um pássaro maligno. Ao invés disso, ele olhou para cima e viu Santiago através do vidro. No meio da escuridão que envolvia tudo, ele pensou ter visto os olhos de aço do lobo brilhar, e naquele exato momento, um raio rasgou a noite, iluminando tudo. Depois de um estrondo ensurdecedor que parecia estar rachando o próprio céu, a chuva finalmente caiu sobre a cidade.

CAPÍTULO 23

Você não vai tirá—ló da caixa? —Daniel ouviu uma voz atrás dele. Ele se virou imediatamente e notou que o entregador não tinha saído quando fechou a porta. Ele olhou para ele com espanto e indignação. Nem tinha notado quando lhe entregou o pacote, tão absorto como estava em seus pensamentos. Sua voz era familiar, mas além de estar no escuro, ele tinha a viseira do jóquei que estava desgastado e não conseguia ver seus olhos. Então, tentando desvendar suas feições na escuridão, ele reconheceu o bigode desagradável e pôde colocar um rosto na voz.

—Cholo? —disse ele.

Ele olhou para cima e deixou Daniel ver seus olhos chocantes brilhando sob a sombra da viseira.

—Você sentiu minha falta? — perguntou ele, com aquele sorriso desdenhoso que Daniel odiava tanto.

—Você não tem o suficiente? —se grunhido, deixando a caixa sobre a mesa e voltando—se para ele com raiva.

—Não tão rápido, garotinho — disse o Cholo, tirando um revólver do bolso do seu terno de entrega e apontando—o para o motoqueiro.

O motociclista parou curto quando viu a arma, e torceu os punhos com raiva. Não havia nada que ele quisesse mais neste mundo do que limpar aquele sorriso do seu rosto com um soco.

—Para que você veio aqui? —Ele perguntou: "Foi você quem enviou os pacotes?

—Só sou o mensageiro, rapazinho", riu o Cholo, arranhando a mandíbula sem o barril da arma. Ele parecia estar confortável com as armas.

—Se você voltar a me chamar assim...". Daniel rugiu, dando um passo ameaçador em direção ao outro.

—O que você vai fazer então, garotinho? —Disse um tapa no Cholo, apontando a arma para ele novamente.

—Diga por que você veio", perguntou Daniel, respirando profundamente e tentando conter a raiva que estava fervendo em seu corpo.

—Eu disse que você não sabia o que tinha feito quando se meteu comigo, motoqueiro", respondeu o Cholo com um olhar de ódio. Agora você vai saber.

Daniel não disse nada, mas ele olhou desafiadoramente para o seu inimigo.

—A verdade é que eu não gostaria de estar no seu lugar.

—disse o Cholo, sorrindo novamente e se aproximando da mesa onde estava a caixa. Uma vez lá, ele tirou a máscara e olhou para ela pensativamente. Devo admitir que é assustador.

Daniel sentiu um arrepio quando viu aquele objeto demoníaco fora da caixa. Foi como se eles tivessem acabado de tirar um animal perigoso da jaula. O próprio Cholo não parecia tê—los todos com ele enquanto ele o segurava. Ele parecia hipnotizado, como se a coisa exercesse algum tipo de influência sobre quem quer que estivesse observando. Ele mesmo não conseguia tirar os olhos de cima dele.

—Você não vai me dizer o que está fazendo aqui? —Insistiu Daniel.

—Vim para ter certeza de que você colocou isso", disse o Cholo, levantando levemente a máscara da ave—bruxa.

—E você acha que se eu a usar algum espírito vai me possuir? —disse Daniel, mais para desafiar o outro do que para fazê—ló rir do pensamento, o que ele achou muito perturbador.

—Você não deve rir de coisas que você não sabe", disse o Cholo com raiva nos olhos.

Isso parece tê—ló magoado, pensou Daniel. Se aquele cara fosse um daqueles fanáticos religiosos que gostavam tanto de tais fantasias, talvez eu pudesse usar isso a seu favor.

—Corrige—me se eu estiver errado", disse ele num tom mais descontraído. Se eu não me engano, você quer ter certeza que eu coloquei a máscara para que o espírito que está dentro dela possa entrar na minha cabeça e me forçar a me jogar no vazio?

—mart garoto, —confirmou o Cholo.

—mas faltam algumas pernas nesse plano", sorriu Daniel.

—Sim?

—Como você vai me obrigar a usá—ló?

—Bem..." suspirou o Cholo com uma cara de aborrecimento, como se estivesse falando com alguém incapaz de entender alguma coisa. Então, beijando o cano de metal da arma, ele acrescentou: "Talvez este me ajude.

—Você não vai ousar atirar em mim", Daniel o desafiou. Assim que os tiros forem ouvidos, meus funcionários vão entrar e chamar a polícia.

—Não tente minha paciência, motoqueiro", disse o Cholo com um olhar ameaçador. Não há nada que eu gostaria mais agora do que encher seu corpo de buracos.

—Você sabe que não vai atirar", disse Daniel. Se você me matar, eu não poderei colocar minha máscara e me jogar da janela, para que não aconteça um absurdo rito de suicídio". Eu não acho que isso vai agradar a quem quer que tenha te mandado. Quem, a propósito, quem enviou?

—Tudo a seu tempo, meu rapaz — disse o Cholo, sorrindo mais uma vez. Daniel não gostou nada daquele sorriso, porque significava que seu inimigo tinha alguns truques na manga. De fato, após alguns momentos em que ele olhou para ele sem parar de sorrir, ele acrescentou: "Agora vamos falar sobre a sua namorada...

Daniel sentiu seu sangue se acender nas veias novamente e não conseguiu impedir o outro de perceber como ele estava perdendo o controle. Aquele cara detestável sabia como machucar.

—Não a meta nisto", ele a avisou.

—Sadly, ela está nisso agora", disse o Cholo com um olhar satisfeito no rosto de sua ave de rapina angular. Até as fechaduras.

—O que você quer dizer?

—Se eu não ligar para um número de telefone em meia hora e dizer algumas palavras—chave, seu amigo vai morrer.

Daniel sentiu o mundo cair em cima dele. Se eles realmente tinham Camila, estava em suas mãos.

—Como eu sei que você não está mentindo? — perguntou ele, numa tentativa de reverter a posição de poder, que, na época, era claramente a favor do Cholo.

—Veja", disse este, tirando um pedaço de pano do bolso e entregando—o a ele. Isso lhe diz alguma coisa?

Era a bandeira Mapuche no casaco da Camila. Alguém a tinha cortado, certificando—se de deixar ao redor de um pedaço de tecido da cor aquamarina característica da roupa para provar sua autenticidade. Daniel mal conseguia conter suas lágrimas, que ele não sabia se eram de raiva ou de dor.

—Isso não prova nada", disse ele desesperadamente como último recurso.

—Talvez", admitiu o Cholo aborrecidamente. Mas...

você quer se arriscar?

Daniel olhou nos olhos desesperadamente e, pelo riso que viu no rosto, entendeu que seu inimigo sabia que ele havia vencido. Ele não conseguia entender por que ele estava tão vulnerável por causa daquela mulher. Ela deveria tê—ló enganado, que não havia mais nada entre eles. Então por que ele sentiu que preferia morrer ali mesmo do que ter qualquer coisa acontecendo com ela? Finalmente, ele teve que admitir que não havia nada que ele pudesse fazer.

—Muito bem, você venceu", admitiu ele com uma mágoa furiosa. O que você quer que eu faça?

—Bom garoto — disse o Cholo, escondendo a arma no bolso e colocando a máscara de volta dentro da caixa. Então ele a fechou cuidadosamente e a entregou para Daniel, acrescentou: "Vamos dar uma caminhada.

Daniel pegou a caixa em suas mãos e seguiu seu inimigo. Ao saírem de seu escritório, ele sentiu como se o que estava segurando em suas mãos fosse um caixão, o seu próprio, e teve a horrível sensação de que ele e o espírito do pássaro—bruxa que habitava a máscara logo seriam um, e que ambos voariam sobre a cidade naquela noite escura.

CAPÍTULO 24

A chuva caiu fortemente sobre o telhado da Grande Torre de Santiago. Eles tinham subido até o último andar, onde estava localizado o mirante, e então, atrás de uma porta para a qual o Cholo tinha uma chave, entraram numa escada que levava ao topo do magnífico arranha—céu.

—Vejo que você está bem organizado", disse Daniel enquanto subiam a escada.

—Você tem que ter amigos no inferno", foi a resposta jactanciosa do outro homem. Um de nossos contatos pertence à equipe que limpa as janelas do prédio e me forneceu uma cópia.

A temperatura estava fria lá em cima e Daniel notou um ar muito forte e teve a sensação de que o prédio inteiro estava tremendo. Embora a chuva forte os molhasse, eles estavam um pouco abrigados atrás de uma das estruturas metálicas ao redor do topo da torre, pois a chuva não estava caindo verticalmente, pois o vento os varria lateralmente. De qualquer forma, ele teve o pior, pois o outro tinha vindo com uma capa de chuva para protege—ló da chuva. Daniel ficou grato pela semi—escuridão em que eles estavam, porque isso provavelmente evitaria que o Cholo visse que ele estava tremendo. Embora sob condições normais de visibilidade você pudesse ver toda a cidade e os Andes daquele lugar, naquela tarde, cercado por um denso manto de chuva e sob um céu escuro como se já estivesse escuro, você dificilmente poderia ver mais do que alguns pontos embaçados ao redor. De qualquer forma, devia estar para escurecer, embora Daniel achasse impossível acrescentar ainda mais escuridão a essa cena aterrorizante.

— "Antes, quando estávamos subindo, você se referiu a um de nossos contatos..." disse Daniel, tentando ficar longe do fim do convés. "Quem é você?

—Nós? — Nós somos as crianças deste país. Aqueles que viveram aqui antes de você, e antes de pessoas como você terem vindo para roubar nossa terra.

—Você é...? —Você é Mapuche?

—Tem muita saudade de vocês? —Não.

—Você parece... —Sinto muito.

—Branco? —Irônico Cholo terminou a frase. —Eu sou mestiço. Minha mãe era uma de vocês.

—Eu nunca teria dito isso — disse Daniel pensativamente, enquanto limpava a água do seu rosto. A chuva estava açoitando seu corpo com rajadas poderosas e em pouco tempo ela tinha ficado encharcada.

—Você também não teria dito isso sobre Camila, ou sobre Thomas, teria dito?

—Não mesmo", admitiu Daniel.

—Como você pode ver, as aparências podem enganar", riu El Cholo, "mas eu acho que estou ficando muito molhado, então talvez pudéssemos acabar com isso".

—Pelo menos me diga por que você está fazendo isso", perguntou Daniel.

—Você quer saber demais", disse o Mapuche, olhando para sua presa. Então, como se ele estivesse com dúvidas, ele acrescentou, "A verdade é que estou gostando disso, então eu suponho que está tudo bem para mim em te dar uma explicação. Afinal de contas, você vai levar isso com você quando voar. Daniel sentiu um arrepio quando ouviu aquelas palavras, mas agradeceu a si mesmo pelo fato de que o cara estava disposto a lhe dar informações. Não só porque então ele finalmente saberia do que se tratava, mas também porque isso lhe pouparia tempo.

—Você deve saber que sua garota, como eu e alguns outros, pertence a um clã de famílias mapuches agrárias sob a autoridade do grande lonco Aukan", começou a explicar o Cholo. Ela e alguns de nós não somos puros mapuches, mas temos alguns parentes ligados à tribo e, seja por razões sentimentais ou culturais, nos sentimos ligados ao grupo e mantemos uma relação próxima uns com os outros.

Daniel escutou atentamente as palavras dos Cholo, embora tivesse que ter um cuidado especial para entendê—las, pois às vezes elas se confundiam com o barulho da chuva. A figura do assassino, recortada pela densa camada de água e pelas luzes fantasmagóricas flutuando no telhado do gigantesco prédio, parecia irreal.

—Como me disseram", continuou, "o lonco disse que há cerca de dezoito anos houve um incêndio que destruiu muitos hectares da Araucanía, nossa casa...

Daniel acenou com a cabeça.

—Naquele incêndio — continuou o Mapuche — não só foram devastados os recursos naturais e a vegetação, como também morreram muitos animais". Mas, além disso, e isso é o que mais deve importar para você, menino, Aimará, avó de Camila, morreu.

Daniel ficou espantado com essa informação; Camila nunca lhe havia contado nada sobre isso.

—Aukan amava Aimara, sempre amou, pois eles eram jovens. Mas ela casou com um estrangeiro, um homem branco, avô de Camila. Mesmo assim, nosso solitário nunca deixou de amá—la. Quando ela morreu no fogo, como meu pai me disse, foi como se a vida dela tivesse acabado para ele. Desde então, não passou um dia que nosso velho chefe não tenha ido chorá—la na floresta, primeiro sobre os restos carbonizados da vegetação, e depois sobre a área reflorestada, onde ele mandou construir um santuário em homenagem à sua amada. Desde o primeiro momento, suspeitou—se que o incêndio tinha sido fogo posto, e com o tempo a polícia acabou confirmando este fato. Entretanto, os autores não puderam ser processados, pois, embora houvesse indícios de quem era o responsável, não foi possível reunir provas suficientes. Logo após o incêndio, foi adotado um regulamento proibindo a reclassificação de terras queimadas para fins de planejamento urbano, a fim de evitar fogo posto para especulação sobre o terreno. Depois disso, todos se esqueceram, exceto nosso povo e, sobretudo, nosso lonco, que pacientemente esperou por anos o momento certo para poder realizar sua vingança. Mas para isso, ele precisava de provas de quem era, e por muito tempo não as encontrou. Entretanto, há alguns meses, descobrimos, um pouco por acaso, que, mais ou menos na época do incêndio, um grupo comercial tentou por todos os meios impedir a aprovação da regulamentação que impedia o rezoneamento urbano. Investigamos o assunto e descobrimos que este grupo já havia tentado subornar as autoridades quando a minuta do regulamento fundiário foi colocada em cima da mesa, ou seja, antes do incêndio ocorrer. Segundo nossas informações, descobrimos que as pessoas suspeitas de terem causado o incêndio, às quais nada pôde ser provado, eram pessoas relacionadas a esse grupo empresarial. Um grupo comercial, que, por sinal, era composto por cinco empresas.

Preciso lhe dizer quais?

Daniel não acreditou no que estava ouvindo. Ele mal podia acreditar que as palavras do Cholo fossem verdadeiras, pois isso significaria que sua empresa, junto com as outras quatro que formavam o conglomerado empresarial, foi responsável por aquele incêndio catastrófico e pela morte da avó de Camila. Ele mal percebeu a água que caiu pesadamente sobre ele e estava encharcado até o osso.

—Não", disse ele simplesmente para responder à pergunta do seu interlocutor.

—Bem", disse o Cholo, satisfeito. Você parece entender por que está aqui.

—Você sabe que eu era apenas um garoto então", disse Daniel, tristemente. Eu nem era maior de idade...

Ao dizer isso, ele sentiu seu coração cheio de horror ao perceber que, na época do incêndio, quem dirigia a empresa era seu irmão Benjamin, cinco anos mais velho do que ele.

—Isso não é relevante", respondeu Cholo. Pela boca do lonco, seu padre, os deuses estão exigindo a morte das cinco pessoas encarregadas, uma para cada empresa, e hoje você é o principal responsável pela sua empresa.

Depois de perceber que seu irmão, a pessoa que mais admirava em sua vida, poderia ter sido a causa desse horror — e todas as circunstâncias apontavam para esse ser —, achou que, na verdade, fazia sentido que ele pagasse por isso, que respondesse, não só por ser o atual dono da empresa, mas por ser o irmão de um dos autores do incêndio. A sua morte fecharia finalmente o círculo. Lágrimas corriam de seus olhos e ele não fez nada para detêm—los, eles ficaram confusos com a chuva em seu rosto de qualquer maneira. Ele pensou que, naquele momento, a dor do céu, que estava jogando aquela inundação sobre a cidade, era menor que a sua própria dor. Ele precisava saber mais, porém, antes de poder enfrentar seu destino.

—Que papel Camila desempenhou em tudo isso? — perguntou ela.

—Nós começamos a trabalhar, é? —Demos um golpe no Cholo. Depois ela olhou para ele como se estivesse pensando em contar—lhe ou não. A verdade é que ela poderia lhe dizer que ela busca vingança como todos nós e que ela quer você morto. Suponho que te machucaria saber que ela gostava de te enganar o tempo todo, sabendo que tu ias morrer...

—Você é um canalha...

—Mas eu não vou mentir para você", continuou o Mapuche sem se livrar do seu sorriso odioso enquanto falava, "porque eu acho que a verdade vai te machucar ainda mais". A verdade é que foi uma coincidência termos nos encontrado naquele dia, naquela casa de estrada. Quando você entrou no lugar, Oscar o reconheceu. Ele sabia que você era um dos cinco que estavam recebendo as caixas. Camila mal conhecia a história, embora soubesse que o lonco havia ordenado uma retaliação contra os assassinos de sua avó, ela não tinha conhecimento dos detalhes e, claro, não sabia que eles estavam planejando executar os criminosos. Quando vimos a caixa sendo entregue a você, Oscar e eu

—Nós ficamos muito surpresos; foi exatamente o mesmo que as caixas que ele nos enviou.

Daniel achou que isso confirmava a ideia de que eles não tinham nada a ver com a sexta caixa, aquela que continha as fotos. Entristecido, ele pensou que nunca saberia o mistério que elas continham. Naquele momento ele notou novamente sob seus pés como a estrutura da torre foi sacudida pela força do vento, e a terrível sensação de impotência que

Uma impressão arrepiante de vertigem se juntou a ela.

Quando você saiu do local, dissemos a Camila quem você era e pedimos que ela descobrisse como segui—ló para descobrir o que estava na caixa, então ela saiu e o converteu. Então ela conseguiu remover seu isqueiro, o que lhe deu uma desculpa para segui-la e descobrir o que queríamos saber sem levantar suspeitas. Ele simplesmente teve que dizer que tinha encontrado o isqueiro e que tinha ido atrás de você para devolvê—ló, como ele aparentemente fez.

Daniel pensou que não aguentava mais, que quase preferia colocar a maldita máscara e acabar com tudo, porque cada palavra que ouvia naquela noite do Cholo estava despedaçando seu coração.

—Everificou—se que as coisas não correram como o planejado", disse o Cholo, desconhecendo o efeito de suas palavras sobre seu interlocutor. Aquela garota estúpida se apaixonou por você. Ela tinha saído comigo algumas vezes e eu tinha tido a ilusão de que as coisas poderiam piorar, mas você tinha que vir junto e estragar tudo. —Ela deu a Daniel um olhar assassino e pausou, como se ela tivesse que fazer um esforço para se controlar. Então ele continuou com a sua história: "O pior foi que quando soube dos planos para a Aukan, ameaçou contar—lhe se não o deixássemos em paz. Ele ousou dizer que era capaz de ir à polícia.

Quando Daniel ouviu essas palavras, seu coração parecia explodir, e ele começou a soluçar incontrolavelmente. Ele não se importou se aquele bastardo o viu, ele não pôde evitar e não se importou. Ele sentiu uma torrente transbordante inundando seu peito e a dor das últimas horas caindo aos seus pés. O Cholo tentou machucá—ló dizendo—lhe isto, mas ele tinha conseguido fazer o oposto. Daniel se sentiu aliviado. Naquela noite terrível, a última noite de sua vida, ele finalmente soube a verdade. Então cada gesto e cada palavra de sua princesa Mapuche tomou um significado, e ele sabia que Camila o amava, e não apenas isso, mas que, apesar das aparências, ela o tinha feito em cada momento em que eles estavam juntos.

—Tenho que te chamar de menina ao invés de menino?

—O Cholo zombou quando viu Daniel chorando. Ele não respondeu, e os Mapuche, interpretando suas lágrimas como não alívio, mas dor, continuaram satisfeitos com sua história. Aquela mulher tola precisava manter a boca fechada, então tivemos que tomar algumas medidas que não nos agradaram em nada, por ordem do solco. Nós seguramos a mãe dela e ameaçamos matá—la se ela contasse a história à polícia ou se ela lhe contasse a verdade. Claro, não pretendíamos fazer nada com ela. Aukan nunca teria atacado a filha de Aimara, mas Camila não tinha conhecimento disso.

Daniel pensou que esse era o motivo da tristeza que havia detectado quando Camila falou sobre sua mãe. Ele sentiu que gostaria de tê—la abraçado antes de morrer, de lhe dizer que entendia tudo, que não a culpava por nada e que só lamentava não ter sabido como protegê—la melhor.

—A mulher estúpida pensou que tirá—ló do país nos impediria de virmos por você. Mas involuntariamente ela acabou se sentindo impotente porque a obrigamos a confessar para onde iriam e qual hotel iriam ficar em Mendoza, ameaçando fazer sua mãe sofrer se ela não nos dissesse. Foi canja para Oscar chegar lá e entregar o quarto pacote, no qual enviamos a figura do Pillán vingativo. Foi queimado como um símbolo do fogo que eles causaram.

—Eu não causei nenhum incêndio", disse Daniel.

—Salve suas desculpas para quem as quer", respondeu Cholo. Você quer que eu termine, ou quer dar o pulo agora?

—Finalizar.

—Camila teve a absurda ideia de levar você para conhecer Aukan. Ela estava convencida de que o lonco, tendo te conhecido, teria piedade de você, que entenderia que você não era culpado de nada, como ele nos disse. Entretanto, antes de ir ao encontro, o lonco nos pediu que fôssemos ao lugar onde eles se encontraram e o descobríssemos na sua frente. Precisávamos que ela ficasse conosco para que pudéssemos ficar com ela mais tarde e usá—la como moeda de troca para que você concordasse em usar a máscara. —El Cholo fez uma pausa depois dessas palavras e depois acrescentou: "Isso me faz lembrar que é hora de terminar a conversa e ir direto ao assunto". Se você não se importa, garotinho, a ave—bruxa está esperando por você".

Então, como se algo tivesse acendido em sua cabeça, Daniel olhou para seu inimigo com um sorriso inesperado em seu rosto e disse:

—Sinto muito desapontar você, Cholo, mas não acho que vou usar essa máscara hoje.

CAPÍTULO 25

A chuva e o vento continuavam a varrer a cobertura do arranha—céu, e a essa altura fenomenal o balanço da estrutura do edifício podia ser perfeitamente percebido. Parecia que eles estavam a bordo de um navio fantasma atingido por uma tempestade no meio do oceano.

O Cholo olhou para Daniel sem entender completamente o que eram aquelas palavras. Mas ele não estava preparado para tolerar nenhum jogo, então ele tirou a arma do bolso e a apontou para o motociclista, disse ele:

—Eu acho que você vai colocar sua máscara.

—Você não vai atirar", disse Daniel. Isso não faz parte do plano e você sabe disso. Eu tenho que me matar.

—E o que mudou agora? —assimou o intrigado Cholo. Você se importa se nós matarmos a sua garota?

—Você mesmo me deu a chave para saber que não matará", sorriu o motoqueiro. —O Cholo olhou para ele em branco e Daniel acrescentou: "O lonco nunca faria mal à neta de Aimara".

O rosto do assassino se encheu de perplexidade quando ouviu essas palavras". Então ele pareceu pensar por alguns momentos, e depois daquele momento de dúvida, ele transformou suas feições em uma expressão de ódio.

—Escute para mim, garotinho — disse ele, segurando sua arma — você vai morrer hoje à noite de uma maneira ou de outra, pode ter certeza disso". Talvez você esteja certo e o lonco nunca faria mal a Camila, mas posso jurar—lhe que o faria". Se você colocar a máscara, ela termina aqui. Se você não colocar, eu atiro quatro vezes, e hoje à noite eu vou até Pucón e atiro na sua garota duas vezes na cabeça. A decisão é sua. Mas faça isso agora, minha paciência acabou.

Daniel olhou nos olhos do Cholo e tinha certeza que ele não estava mentindo. Aquele bastardo iria matá—ló e depois mataria Camila. Foi naquele momento, quando ele soube que seu tempo tinha acabado, que ele notou pela primeira vez em muito tempo a caixa em suas mãos. Até aquele momento, ele não se lembrava que estava segurando—a, e agora ela pesava em suas mãos como uma enorme pedra negra, uma pedra mágica, da lava de um vulcão.

—Primeiro faça o que você me prometeu", exigiu Daniel.

—O quê?

—Chame a Camila para ser solta.

O Cholo, enquanto apontava para Daniel, pegou seu celular e apertou uma tecla. Um número foi discado automaticamente e quando alguém atendeu do outro lado da linha, ele simplesmente disse antes de desligar:

— "O pássaro bruxo voa mais uma vez.

Então ele olhou com expectativa para Daniel com seus olhos calmos e assassinos.

—Eu fiz a minha parte. Agora é a sua vez.

Daniel olhou para as mãos dele. Ele sentiu seu nome sendo chamado novamente por trás da tampa da caixa, e o terror tomou conta dele. Mas ele fez um esforço para se controlar, ele tinha que fazer. Ele tinha que salvar Camila. Não fazia sentido que ambos morressem. Antes de abrir a caixa, ele olhou para cima e encarou o Cholo novamente.

—Eu sei que você acredita nessas coisas", disse ele. Então, tenha em mente minhas últimas palavras. Se você tocar um cabelo na cabeça de Camila, eu voltarei do túmulo para fazer você pagar. Isso é uma promessa. O medo brilhou nos olhos do Cholo por alguns momentos, mas depois sua expressão altiva voltou. Seu dono acenou para a caixa, como se estivesse instando sua vítima a continuar.

Daniel olhou para a caixa novamente e levantou a tampa. Ele estava aterrorizado e tremendo, mas ele não sabia o frio que o fazia tremer, ou como ele estava assustado quando viu aqueles olhos negros demoníacos novamente. As gotas de chuva caíram sobre a máscara vermelha do feiticeiro—pássaro chilreando em sua superfície lacada. Daniel tirou—a da caixa e segurou—a em suas mãos. Foi a primeira vez que ele tocou a coisa, e ao tocá—la ele sentiu como se uma corrente milenar estivesse correndo pelo seu corpo. Ele sabia que tudo isso era sugestão, mas tinha a sensação de que um demônio estava começando a tomar conta de seu corpo. Poderia ser o que estava fazendo as pessoas cometerem suicídio? Sugestão? Embora a máscara fosse leve, ela parecia pesar como a própria terra, como mil planetas juntos. Ele sentiu o peso da máscara em suas mãos puxá—ló como uma maré sem precedentes, para um lugar profundo, escuro, talvez até para o inferno, e tinha certeza de que quando a colocasse, não hesitaria por um segundo em lançar—se no vazio.

Aos poucos ele se aproximava do fim do telhado. Ao seu redor, a chuva continuava a cair incessantemente. Ele percebeu agora que o Cholo havia parado de falar, que o barulho que as gotas faziam ao cair era ensurdecedor. Ao aproximar—se do vazio, sentiu o chamado do abismo, como se o chão lhe gritasse que queria beijá—ló, que queria abraçá—ló, que queria unir—se a ele, com seus ossos rachados, seus órgãos estourando contra ele, seu sangue espalhado em sua superfície. Gritou—lhe que queria beber seu sangue, que tinha sede dele, que só havia uma queda curta de trezentos metros e que os dois estariam unidos para sempre. Uma vez chegado à borda da torre, olhou apenas ligeiramente para baixo. As trevas envolviam tudo, e ele sentia uma tontura mortal. Suas pernas começaram a tremer, e ele teve que fazer um esforço para não cair antes de colocar a máscara. Aquela altura, aquela verticalidade tão afiadas como a lâmina de uma navalha infinita, era quase impossível de suportar. O chão estava escorregadio da água e o vento empurrava com força, e ele teve que se segurar no último momento a um cabo metálico que estava preso ao resto da estrutura para evitar cair. Esse movimento, no entanto, fez com que a caixa se soltasse de suas mãos e caísse. Daniel viu aquele pequeno objeto se perder no infinito, engolido pelas sombras, exatamente como ele ia fazer de um momento para o outro. Ele ouviu novamente como algo pronunciou seu nome, e sabia que era a máscara que ele tinha em sua outra mão. Seu coração batia com uma força incomum e ele tinha dificuldade para respirar. Pensou que não conseguiria fazer isso, que iria desmaiar antes de colocar a máscara e cair do prédio sem ter sido capaz de cumprir seu pacto com o Cholo. Ele fez um esforço sobre—humano para continuar. Ele tinha que salvar Camila. Seu último pensamento foi para ela.

Naquele momento, um raio dividiu o céu em dois como a espada de um deus vingativo e Daniel pôde mais uma vez contemplar a cidade, que brilhava com a luminosidade sobrenatural daquele raio que havia caído invulgarmente perto dele. Ele também podia ver o chão abaixo e os carros dirigindo na chuva como pequenos insetos movendo—se freneticamente. Ele sentiu que seu peito ia explodir. Ele estava lá, no topo do mundo, quase tocando o céu, ao lado dos deuses, que estavam sangrando sua dor em forma de chuva torrencial e gritando sua raiva em uma voz de trovão. Naquele último instante ele sabia que era pequeno, minúsculo, e sentiu toda a força da natureza rugindo ao seu lado, pronto para se desabafar sobre ele. O vento uivava clamorosamente a seu lado, a chuva batia em seu corpo como milhões de pequenos dardos, e ele sentia a carga de eletricidade no ar ao seu redor, como o sopro mortal de um deus. Ele olhou para a máscara em suas mãos, virou—a, e notou que não era mais dono dela, que suas mãos não mais o obedeciam, e que a máscara do pássaro—bruxa se aproximava de seu rosto para fundir seu espírito com o seu próprio e depois para arrasta—lo. Ele sentiu que estava ficando tonto e mal conseguia se levantar, e num último esforço, que quase lhe custou a pouca energia que lhe restava, forçou seus lábios a pronunciar em voz baixa uma única palavra antes que a escuridão se apoderasse dele e de sua alma para sempre: Camila.

Lá embaixo, a uns trezentos metros de distância, Mapuca instou nervosamente o taxista a ir em frente, mas ele disse que não podia, que estava preso no trânsito. Talvez tivesse havido um acidente alguns metros adiante. Deses— perada, a mulher Mapuche pagou ao taxista e saiu do carro para caminhar. Sob seu guarda—chuva, ela ofegantemente caminhou a distância da Grande Torre de Santiago. Ao se aproximar, encontrou mais pessoas no seu caminho, e teve que contorná—las para tentar chegar ao seu destino. Quando ela já estava nas proximidades do arranha—céu, seu coração saltou uma batida. As luzes piscando de vários carros da polícia iluminavam uma multidão de espectadores amontoados atrás de uma fita adesiva da polícia que se estancava na área, bloqueando seu caminho. Em desespero ela começou a perguntar a todos se eles sabiam o que havia acontecido, mas ninguém parecia saber muito bem. Então ela ouviu uma mulher sobre sua idade, uma loira, dizer a outra mulher que estava ao seu lado:

—Foi horrível!

Mapuca se aproximou dela e lhe perguntou com os olhos cheios de lágrimas:

—O que aconteceu?

—Foi horrível! —repetiu a mulher, que mostrava sinais evidentes de ansiedade. Eu a vi. Ele caiu na minha frente e estourou como uma melancia. Foi horrível.

—O quê? Quem? —cortou um Mapuca horrorizado.

—Não sei", respondeu a mulher, balançando a cabeça. Era um homem... Só consegui ver aquela coisa aterrorizante ali deitado no chão, ao lado dele.

—O que... —Que coisa? —assimou o Mapuca, embora ele soubesse a resposta.

—Que... aquela máscara... —Estava no chão cheio de sangue ao lado do corpo e... o que eu vi... Não, você não vai acreditar em mim... Aqueles olhos...

—O que você viu? —Diz—me, pelo amor de Deus! —Mapuca de bico, segurando o braço daquela mulher que estava prestes a sumir.

A mulher olhou para ela com olhos que refletiam o susto e a loucura de alguém que tinha acabado de descer ao inferno e visto o próprio Lúcifer. A chuva estava caindo forte sobre eles, e aquele pobre desgraçado demorou alguns segundos para respirar e responder.

—Eu tinha... Eu tinha a impressão de que aquela coisa horrível estava olhando para mim", disse ele finalmente, com o rosto horrorizado. E então... Eu sei que pode parecer um absurdo, mas... Eu juraria... Eu juraria que ele sorriu para mim.

CAPÍTULO 26

Camila se olhava no espelho. Acentuadas olheiras, para as quais as lágrimas já não escorriam mais, como se todas as lágrimas que ela podia derramar já tivessem saído, como se dentro dela não houvesse mais nada além de um deserto estéril, incapaz de oferecer nada. Ela havia passado a noite inteira chorando. O chamado que o Cholo fez ao lonco, proferindo aquelas palavras terríveis, o pássaro feiticeiro voando mais uma vez, significava que tudo tinha acabado. Ele havia tentado por todos os meios possíveis impedir que a terrível vingança de Aukan se cumprisse, mas não havia conseguido. Agora ela se sentia quebrada, morta, vazia. O motoqueiro sorridente que ela conhecera apenas uma semana antes havia mudado sua vida. Desde o primeiro momento em que o viu, percebeu que se ligava a ele e, à medida que se aproximavam, percebeu que ele era como uma alma gêmea para ela, com os mesmos gostos, os mesmos hobbies, a mesma maneira de encarar a vida, a mesma paixão. E pouco a pouco, sem saber como, ela se apaixonou por ele. Com seus gestos, seu olhar, suas piadas, sua força, sua fragilidade, seu amor pela liberdade. E agora... Agora ela não podia conceber que jamais voltaria a vê—lo. Uma dor profunda e insuportável a atingiu de repente, como se uma enorme cobra estivesse enrolada em seu peito, apertando—a até quebrar suas costelas, e ela teve que voltar para a cama para não cair no chão em pedaços. Ela abriu a boca e um grito tentou sair da dor profunda que a torturava por dentro, mas ela não conseguiu. Fechou os olhos e se espremeu na cama com a boca aberta, curvando—se como um animal ferido, tentando respirar, tentando chorar, tentando derramar um pouco do veneno que a estava matando por dentro, tentando abrir uma fenda naquele deserto escuro do qual nada podia sair. Finalmente um gemido escapou de sua garganta e explodiu novamente em um choro desconsolado, terrível, sem fim, como o de uma menina indefesa no escuro. As lágrimas passavam mais uma vez por cima do caminho que haviam percorrido hora após hora naquela longa noite, e Camila sabia que o deserto que a assolava e a queimava por dentro não conseguia agarrá—las, ela sabia que a queda de Daniel, aquele golpe devastador que o havia despedaçado no chão, também havia aberto uma brecha em seu coração, uma fonte em seu coração que jamais terminaria. Ela chorou e chorou até ficar exausta, até seus olhos doerem por ter derramado tantas lágrimas, e ela adormeceu novamente.

Uma hora ou duas depois, o celular vibrou no bolso dela e o

ele despertou. Abriu os olhos e voltou novamente à realidade, àquele pesadelo que seria sua vida a partir de então. Ele havia colocado o telefone no modo silencioso para se afastar do mundo.

Ele olhou para a tela e viu o número de sua mãe. Ele tinha ligado para ela a manhã toda. E Oscar e Tomás. E provavelmente todos os amigos deles. Ele olhou para a contagem de chamadas perdidas e ele tinha mais de 30 anos. Ele não tinha atendido nenhuma delas. Eles devem ter ficado preocupados com ela, mas ela não podia falar com ninguém, ela não queria. Ela só queria dormir. Desaparecer nas sombras, perder a consciência, enganar a dor. Ela se lembrou que quando o Cholo chamou, ela se recusou a acreditar que Daniel estava morto, não havia espaço em sua cabeça para tal possibilidade. Lembrou também que uma vez que Aukan soube que o comando dos deuses havia sido cumprido, permitiu que ele saísse, e a primeira coisa que fez quando os homens solitários retornaram seu telefone foi discar o número de Daniel, mas ele não atendeu. Ele não deu sinal. Era como se estivesse desligado ou fora de alcance. Ou como se ele estivesse em pedaços quando caiu com seu dono. Ele se lembrou que até ouvir no noticiário que o empresário Daniel Balmaceda tinha cometido suicídio, ele não acreditava nisso. Então ela estava quebrada, perdida, como se estivesse flutuando sobre uma espessa nuvem de dor, e sem estar muito consciente do que estava fazendo, tinha ido para o pequeno hotel em Pucón onde haviam dormido da última vez e haviam tomado um quarto. Ela estava trancada lá desde o dia anterior, há mais de doze horas, e ainda não tinha assimilado totalmente o que havia acontecido.

Ela se lembrou da última noite no lago, quando finalmente deixou de lado o que havia acontecido.

Medo, ele removeu o sentimento de culpa, e se deixou levar pelo seu desejo, pelo que sentira desde o início e vinha reprimindo contra os impulsos do seu coração. Ele se lembrou quando tocou aquela cena com Daniel no hotel em Mendoza para tirar a verdade do homem do caminhão amarelo. E ele pensou que ambos gostavam de brincar e que se davam bem juntos. Ele se lembrou das viagens na estrada, e da maneira como ambos estavam dispostos a abrir mão de tudo para subir na bicicleta e ouvir o chamado da liberdade. Então lhe vieram à mente aquelas estranhas palavras que Daniel havia dito na noite em que estavam fazendo amor em frente ao vulcão. Se eu morrer, eu te protegerei onde quer que eu esteja... Eu prometo... Ela achava que realmente precisava de mim para protegê—la agora, para protegê—la do imenso sofrimento que sua perda a havia trazido, do sentimento insuportável de culpa que a impedia de sair daquele pesadelo. Todas aquelas memórias a devoravam por dentro e era tão doloroso que ela estava certa de que se a memória continuasse por muito tempo dando—lhe os dentes, ela acabaria perdendo toda sua carne e se tornando um mero fantasma, um mero osso roído pelo sofrimento, uma triste sombra de uma mulher.

Decidiu que tinha que fazer algo, que não podia continuar assim, andando naquele interminável círculo de miséria. Lavou o rosto e compôs um pouco sua aparência antes de sair para a rua. Ela iria a uma farmácia e compraria um remédio anti—ansiedade ou algo que a afastasse daquela escuridão que escurecia cada vez mais sua alma e ameaçava engoli—la e destruir sua sanidade. Ao sair do hotel, ocorreu—lhe a ideia de que, pouco a pouco, com o passar do tempo, o rosto de Daniel ia ficando embaçado, que ele acabaria esquecendo seu cheiro, suas feições, sua voz. Ela não tinha nenhuma foto dele, porque ele tinha guardado sua caixa. Ele não tinha nem mesmo uma peça de roupa que retivesse seu cheiro. Tudo o que ela tinha dele estava em sua cabeça e um dia ele começava a desbotar, aos poucos se apagava, até ficar irreconhecível. Essa ideia lhe parecia insuportável, e ele tinha que fazer um esforço para continuar. A caminho da farmácia, ela passou pelo bar onde haviam tomado o café da manhã pela primeira vez em Pucon e algo a empurrou para dentro. Ela queria sentar—se onde tinha se sentado com ele. O café da manhã ela tomou com ele. Agarrar—se à sua imagem naquele lugar, agarrar—se firmemente à sua memória dele.

Sentada no mesmo lugar, ela tinha o assento vazio na frente dela que Daniel havia tomado. A televisão estava transmitindo o noticiário como naquela manhã eles estavam lá juntos e agora, como naquela ocasião, eles lhe serviram café também. A garçonete não era a mesma garçonete. Ela era uma garota Mapuche que ele conhecia do ambiente de seu clã e ele teve que trocar algumas frases de cortesia com ela, o que lhe custou um esforço despropositado. Ele achava que não era uma boa ideia entrar ali. Ele olhou para o conteúdo do seu copo fumegante, mas não sentiu o gosto. Ele o empurrou para o lado para dar espaço para que pudesse descansar os braços sobre a mesa e esconder o rosto neles. Não tinha sido uma boa ideia sair na rua, ou entrar naquele bar. Não havia mesmo para onde fugir, porque a dor dela ia com ela para todos os lados, para onde quer que ela fosse. Ela tinha vontade de chorar, mas novamente o choro ficou preso no peito dela e desta vez, por mais que ela tentasse, as lágrimas não chegavam. Elas tinham ficado em algum lugar muito profundo em seu ser, ou simplesmente tinham fugido. Talvez desta vez sua alma tivesse secado. Ela continuou com seu rosto nos braços, derramado sobre a mesa como uma boneca quebrada.

Então ele sentiu algo assentar em seu cabelo, e momentos

Então ele notou uma carícia, uma mão macia e quente era ternura luxuosa sobre ele, mas ele não obedeceu ao seu primeiro instinto de se virar para ver quem ele era. Sentiu que isso a confortava, que de alguma forma estranha tirava a dor de suas feridas. E ela queria acreditar que aquela mão era de Daniel, que, como ela lhe disse, havia voltado da morte para protegê—la. E por isso ele não queria olhar, porque sabia que não era a mão dele, porque sabia que aquela mão nunca mais o acariciaria.

—Vim resgatar a minha princesa Mapuche do vulcão. Quando ela ouviu aquelas palavras ela se virou, como um raio, porque ela conhecia aquela voz perfeitamente bem e precisava ver que sua cabeça não estava pregando uma peça nela. Quando seus olhos viram o dele, contemplando—a com aquele olhar que ela achava que nunca mais seria capaz de ver, sentiu seu coração explodir, pulou, abraçou—o como uma louca, e então, finalmente, como se o mundo desaparecesse ao seu redor e uma pesada corrente se rompesse em mil pedaços nela dentro, as lágrimas vieram novamente.

CAPÍTULO 27

Levou vários minutos para eles decolarem, como se Camila achasse que isso tinha sido um sonho, como se ela tivesse medo de que, ao parar de abraçar Daniel, ele desaparecesse. E ele havia sentido tanto a falta dela que também não havia decidido deixá—la ir. Quando ele estava no telhado da Grande Torre Santiago pensou que nunca mais a veria, nem a abraçaria. Agora, ambos pareciam estar compensando o vazio que havia se instalado em suas almas durante o tempo sem fim em que pensavam que nunca mais estariam juntos. De vez em quando eles se afastavam um do outro e olhavam um para o outro por um momento, mas então pressionavam um contra o outro novamente, se sentiam um contra o outro, se certificavam pelo contato de seus corpos que eram de carne e osso, que esta era a verdade. Eles precisavam de todos os seus sentidos para confirmar o que seus corações ainda duvidavam.

—Não quero ser desmancha—prazeres, caras", ouviram depois de um tempo, "mas a garçonete já está começando a olhar para vocês de uma maneira estranha".

Como se tivessem acordado de um sonho, eles desembrulharam o abraço e olharam para a pessoa que tinha dito isso. Ele era um cara bonito, alto, na casa dos trinta ou quarenta e poucos anos, que olhava para eles com um sorriso. Camila não tinha idela de quem poderia ser, mas de repente algo que ela viu a fez dizer:

—I... Eu conheço você!

Então ela olhou para Daniel, que estava olhando para ela com um sorriso cheio de felicidade em seu rosto.

—E como é isso? —Eu quero conhecer o estranho.

—Por causa daquela cruz que está pendurada no seu peito... Você é...

Benjamin?

—Você estava certo! —Disse Benjamin ao seu irmão. "—Essa garota não perde nada!

—Mas... —Como isso é possível? —Perguntou Camila ao Daniel, de quem ela ainda não havia terminado de se separar.

—Agora vou te explicar tudo", respondeu ele, beijando a testa dela, "mas vamos fazer isso durante um bom café da manhã, porque a estrada, como sempre, abriu meu apetite".

Eles se sentaram e compartilharam um café da manhã requintado. Eles precisavam comer e recuperar as forças. Estavam exaustos, mas felizes, como se tivessem acabado de acordar de um pesadelo e perceberam com alívio que tudo tinha sido um pesadelo, que a escuridão em que estavam imersos era fictícia e que o sol brilhava no céu.

Daniel disse a Camila que ele a chamava. Ela verificou seu celular e quando descobriu entre as ligações perdidas que ele havia perdido, percebeu que se tivesse atendido o telefone ao invés de ignora—ló, ela teria sido salva de muito sofrimento inútil. Na verdade, sua mãe e suas amigas provavelmente estavam ligando para informa—la que Daniel não tinha morrido. Mas... o que tinha acontecido?

—Como ele poderia...? —Mmm—hmm. — assombrado Camila, confuso.

A televisão disse que...

—Vou tentar explicar tudo para você", sorriu Daniel, arrancando os cabelos do rosto dela, como ele gostava de fazer. ... Embora eu realmente não saiba por onde começar.

—Então comece do início", disse Benjamin, sorrindo.

Daniel explicou à Camila que na época do incêndio na Araucania, seu irmão era o presidente da Sociedade Balmaceda, ligado comercialmente a outras quatro empresas, entre elas a Bildex, a empresa de Hugo Areilza, pai de Andrea. Naqueles anos, Benjamin era bastante inexperiente; não teria mais de vinte e dois ou vinte e três anos, e muitas coisas lhe escaparam da administração da empresa, na qual, como ele diz, acabara de pousar. Em todo caso, ele não desconhecia a tentativa das empresas associadas à sua de impedir a promulgação de uma lei impedindo a reclassificação urbana de terras destruídas pelo fogo. Quando ocorreu o incêndio na Araucania, ele só teve que juntar as peças e percebeu que seus sócios estavam muito provavelmente por trás disso. Suas investigações confirmaram suas suspeitas e ele ficou horrorizado ao perceber que se a lei não fosse promulgada, o conglomerado empresarial compraria as terras que ele havia mandado queimar e acabaria se beneficiando de uma terrível tragédia. Para evitar isso, ele falou com os políticos responsáveis pela nova lei e os informou sobre os negócios da Areilza e de seus outros sócios. As evidências que ele havia conseguido reunir sugeriam que eles haviam subornado várias das pessoas que tinham que votar a favor da lei. Ele também foi à polícia e informou os investigadores de suas suspeitas. Embora, no final, nada pudesse ser provado, ele conseguiu fazer passar a lei, provavelmente por causa do medo dos políticos apontados por Benjamin de votar contra, pois isso confirmaria as suspeitas que tinham. Lamentavelmente, Areilza não foi um homem que facilmente perdoou as queixas contra ele, e jurou a

Benjamin que o mataria e, se não o pudesse fazer, mataria sua família. Benjamin, embora assustado, não o levou muito a sério, pois pensava que Hugo Areilza era um homem de negócios e não um gângster. Obviamente, ele estava errado; uma pessoa capaz de incendiar tantos hectares de floresta em seu próprio benefício era capaz de qualquer coisa. Um dia ele recebeu um telefonema anônimo avisando—o que os freios de seu carro haviam sido adulterados para que ele sofresse um acidente. Provavelmente o informante desconhecido era o próprio assassino de Areilza, que não queria ter a morte do jovem em sua consciência. Benjamin então percebeu que estava falando sério sobre isso e que só poderia acabar com a sua morte ou, pior ainda, com a de seus entes queridos. Então, ele inventou um plano. Encheu seu carro com latas de cerveja meio vazias e garrafas de álcool e, depois de consertar os freios para não ter um acidente ao dirigir, dirigiu até uma curva num penhasco e, depois de sair do carro e perceber que estava sozinho, atirou—o ao mar com as janelas abertas. O acidente foi tão bem simulado que as autoridades acreditavam que Benjamin, sob a influência do álcool, havia perdido o controle do carro.

—Após uma longa busca, a polícia concluiu que ele havia se afogado e que o corpo provavelmente havia sido levado pela correnteza no mar. Areilza, por outro lado, deve ter deduzido que seu plano tinha sido um sucesso e que sua vingança tinha sido consumada e que isso tornava nossa família a salvo de possíveis represálias. —A partir daí, Daniel parou sua história para tomar um gole de seu café com leite.

Antes que esfriasse!

—E as fotos... —Que papel eles desempenham nesta história? —Quero conhecer Camila; cuja curiosidade cresceu à medida que a história avançava.

—Estava chegando a isso", respondeu Daniel. Benjamin percebeu que se ele dissesse à minha irmã e a mim ou à minha mãe que não estava morto, mas que estava escondido em outro país (ele se mudou para o Uruguai), ele estava correndo um grande risco. Nós provavelmente tentaríamos fazer com que ele voltasse, ou talvez iríamos à polícia para denunciar Areilza... Mas, sem provas, só tornaríamos inútil seu sacrifício, pois, avisado, Areilza tentaria novamente realizar sua vingança e, com Benjamin fora de alcance, as próximas vítimas seríamos nós.

—Então ele decidiu não contar nada para eles", concluiu Camila.

—Exatamente", confirmou Daniel.

Então ele explicou a Camila que para Benjamin essa separação era muito dolorosa, especialmente em relação a ele, seu irmãozinho, a quem ele amava especialmente e a quem sempre cuidou e ensinou a se mover na vida. Ele decidiu que alguém tinha que saber o que tinha acontecido, mas não podia ser alguém de sua família ou uma pessoa que pudesse estar sob a ameaça de Areilza, embora tivesse que ser alguém de absoluta confiança, e a única pessoa que tinha essas características era Mapuca. Então, antes de colocar seu plano em ação, ele o comunicou a ela, e embora o Mapuca tentasse dissuadi—ló no início, ele finalmente entendeu que era a menor das soluções possíveis, então concordou em colaborar com ele.

—Benjamin pediu—lhe que o mantivesse informado de tudo o que estava acontecendo em nossas vidas, especialmente em relação a mim.

—Daniel continuou. Eu queria saber como eu estava crescendo, se estava me metendo em problemas, se eu tinha acabado de ser treinado de acordo com os ensinamentos que ele sempre me deu. Para fazer isso, ele também pediu para ele tirar fotos de mim quando eu não percebesse, ele queria ver meu rosto, como minhas feições estavam mudando, como eu estava me entendendo na vida etc.

—Foi o Mapuca que tirou as fotos! —exclamou a Camila.

—Sim", disse Daniel. Seguindo as instruções do meu irmão, ele me tirou fotos por vários anos, que depois enviou pela internet. Em cada uma das fotos, segundo indicações de Benjamin, ele colocou um objeto que lhe pertencia (sua camiseta velha, seu isqueiro) para deixar claro que ele havia tirado essas fotos, e que à distância ele cuidou de mim e continuou cuidando de mim. Ele não tinha perdido a esperança de um dia poder se juntar a nós novamente, talvez quando Areilza morresse ou tanto tempo tivesse passado que talvez seu desejo de vingança tivesse passado. Se isso acontecesse, ele queria que eu tivesse provas do seu amor, que soubesse que me abandonou apenas para me proteger, mas que me seguia de perto, mesmo que estivesse em outro país.

—Você vai me deixar todo empolgado", Benjamin interrompeu com um sorriso enquanto espalhava manteiga em um dos rolos que havia pedido.

—Você come e me deixa terminar a história", repreendeu Daniel de forma divertida.

—Como o respeito pelos mais velhos foi perdido! —Passou Benjamin, e começou a dar uma boa dentada no pão dele.

Daniel continuou com sua história e disse a Camila que o Mapuca tinha feito exatamente o que Benjamin havia pedido. Bem, na verdade, nem tudo. Benjamin havia instruído ela a apagar cada vez que ela lhe enviava um e—mail com informações sobre sua família, para que ninguém soubesse que eles estavam se comunicando. Ele também lhe pediu para se livrar das fotos depois de envia—las por e—mail, apagando—as do disco rígido e da câmera que ele havia tirado com elas. Mas ela, supersticiosa como era, fez cópias em papel fotográfico de todos os instantâneos. Ela temia, segundo uma crença mapuche transmitida por seu avô, que se as fotos fossem destruídas (mesmo que virtualmente), a alma da pessoa fotografada, que nelas vivia, seria danificada. Ao transmitir a alma das fotografias virtuais para as cópias em papel, ele estava protegendo, de acordo com essas idéias, a alma de Daniel.

Em todos aqueles anos, Benjamin só tinha voltado a Santiago uma vez: no dia do funeral de sua mãe. Ele contemplava tudo com lágrimas nos olhos, de longe, mas não ousava falar com Daniel ou sua irmã, pois era perigoso, já que Areilza também havia participado da cerimônia. De qualquer forma, ele não havia mudado de ideia sobre manter em segredo que a morte dela havia sido falsificada.

—A verdade é que quando eu estava de volta a Santiago, eu realmente queria voltar", confessou Benjamin. Eu pensei que, na verdade, se eu tivesse cuidado, não era nada de mais. Talvez eu possa até fazer contato secreto com meus irmãos novamente.

—Mas você não... — disse Camila.

—Não, eu não tinha certeza", disse Benjamin. Bem, a verdade é que há uns dois meses atrás eu voltei para Santiago. Decidi ir sozinho por algumas horas, e me encontrar com Mapuca antes de me atrever a ver meus irmãos em outra ocasião. Eu discutiria com ela a possibilidade de vir mais vezes para ver minha família. Eu achava que Santiago era uma cidade muito grande e que depois de tantos anos eu poderia me mudar no anonimato... Como eu estava errado!

—O que aconteceu?

Benjamin explicou que quando voltou a Santiago se encontrou com a Mapuca perto de onde ela morava, do lado oposto da cidade de onde Daniel morava. Eles se abraçaram e choraram juntos, e Mapuca explicou—lhe em voz alta todas as coisas que haviam acontecido na família, embora essa informação lhe tivesse sido enviada regularmente, por escrito. Quando confessou que tinha guardado as fotografias no papel, Benjamin ficou assustado. Provavelmente absurdo, porque aquelas fotos não tinham que significar nada, mas ele não queria que houvesse nada que, mesmo remotamente, pudesse ser associado ao seu estar vivo. Implorou—lhe que as tirasse, prometendo—lhe que as guardaria sem rasga—las, e que a partir daí faria cópias em papel de todas as fotografias que lhe enviasse e as manteria intactas. Mapuca foi buscar as fotografias de sua casa e as levou para Benjamin. Ele se despediu dela e foi para o aeroporto de Santiago para pegar um avião para Montevidéu. Como chegou muito cedo, ele foi ao refeitório para tomar uma bebida para matar o tempo. Mas a má sorte quis que Areilza também entrasse na cafeteria, já que ele estava no aeroporto em uma viagem de negócios. Quando viu Benjamin, não podia acreditar no que os olhos dela viam.

O de Benjamin Balmaceda estava vivo! Quando o irmão de Daniel viu seu inimigo, deixou a cafeteria com pressa, guiado por um de seus capangas. Embora tenha conseguido fugir dele, percebeu que havia deixado as fotografias na mesa do bar.

—E como é que elas acabaram chegando até você? — perguntou Camila ao Daniel.

—Não temos mais certeza disso", disse Benjamin para seu irmão, "mas achamos que Areilza encontrou as fotos e deve ter se perguntado o que eu estava fazendo com algumas fotos do meu irmãozinho". Ela provavelmente presumiu que ele sabia que eu estava vivo e achou que ele estava em contato comigo". A melhor maneira de descobrir foi seguindo—o. Talvez ele tenha feito isso por vários dias, e quando viu que não estava comigo, decidiu força—ló a dar um passo em falso e armar alguma isca. Como ele tinha recebido, como os outros parceiros, vários pacotes de um remetente desconhecido, ele deve ter chegado à conclusão, correta, de que Daniel também os estava recebendo. Então, ele lhe enviou as fotografias em uma caixa semelhante (ele provavelmente usou uma das que lhe foram enviadas). Se, como Areilza pensava, Daniel tivesse uma relação comigo, ele ficaria muito surpreso e gostaria de entender qual era a relação entre aquelas fotos e as outras caixas, então ele entraria em contato comigo e tentaria descobrir. Esse seria o momento em que Areilza aproveitasse a oportunidade para me caçar.

—É por isso que ele tinha você seguido pelo cara do caminhão amarelo.

—concluiu Camila, se dirigindo a Daniel.

—exatamente", confirmou este aqui. Pelo menos é o que nós pensamos.

Camila ficou meditando por um tempo. Isso esclareceu o mistério das fotografias. Todas as peças da quebra—cabeça estavam encaixadas. Naquela história estava provavelmente a dor que ela havia detectado no Mapuca no dia em que se encontraram, assim como a velha Mapuche havia suspeitado que ela também guardava um segredo.

—E a Mapuca não o avisou que Daniel estava recebendo pacotes estranhos? — perguntou ele ao Benjamin.

—Sim, é claro", respondeu ele. Quando ela falou com você e você lhe disse, ela me ligou. Foi quando, em relação um ao outro, eu imaginei o que tinha acontecido. Por um lado, assumi que Areilza estava enviando as fotografias com o propósito que acabamos de expor a você, e por outro, pensando no assunto, e graças às informações que o Mapuca me deu, percebi que por trás de tudo isso deve ter sido a vingança de algumas das vítimas daquele terrível incêndio que aconteceu há tantos anos. Decidi investigar por conta própria e pedi ao Mapuca que me mantivesse informado se havia alguma novidade. Claro que não voltei a Montevidéu, mas fiquei em Santiago, hospedado em um hotel localizado no bairro Providência, a meio caminho entre o apartamento de Daniel e o complexo do World Trade Center Santiago, onde nossa empresa está localizada; assim poderia ficar de olho no meu irmão e protegê—ló em caso de necessidade.

—Parece realmente uma história louca", riu Camila, enquanto segurava carinhosamente as mãos de Daniel. Mas eu ainda não sei como você escapou da morte.

—Bem, se eu tiver que te dizer a verdade, foi por pouco.

— sorriu. Mais como um telefonema.

—um telefonema?

—Deixe—me explicar... — Suponho que você saiba que o Cholo veio me visitar...

—Sim, eu sei — disse ela, deixando uma sombra turvar seus lindos olhos.

—Não fique triste", disse Daniel, quando detectou essa expressão no rosto dela. Eu sei que você não teve nada a ver com isso. Aquele cara me contou tudo.

—Estou surpreso que ele o tenha feito, disse ela. Ele só queria machucá—la...

—Eu acho que foi justamente por isso que ele fez isso. Ele deve ter pensado que se ele me contasse a verdade (que você não só não tinha se envolvido nisso, mas também tentou me salvar), eu sofreria mais sabendo que você realmente me amava, mas eu nunca mais poderia te ver novamente.

—Ele é um porco", disse ela.

Daniel olhou para ela e percebeu que ele ainda não conhecia a história toda.

—Ele veio me visitar", continuou ela, "e me forçou, sob ameaça de arma, a segui—ló até o teto do arranha—céu. Então ele ameaçou matá—ló se eu não colocasse a máscara, o que eu tinha que fazer".

—Você... colocou—a? —assimou a Camila, assustada.

—Estava prestes a fazer isso quando de repente ouvi uma voz chamando meu nome. Olhei para o lugar de onde ela veio e quase caí do prédio da impressão. Lá, na minha frente, estava Benjamin! O irmão que eu pensava estar morto!

—Você deveria ter visto o olhar em seu rosto! —Rio, o aludido.

—Não ria, seu canalha, eu quase me assustei! —Daniel riu, por sua vez.

—E como você sabia que eu estava lá? —Camila perguntou ao Benjamin.

—Quando o Mapuca saiu de casa para ir ao encontro de Daniel, ele me ligou, assim como eu havia pedido", respondeu Benjamin. Além disso, ela morava do outro lado da cidade, então levaria muito tempo para ela chegar lá, e eu poderia estar lá em dez minutos.

—É essa a chamada que eu queria dizer", acrescentou Daniel.

—E o Cholo?

—Ele estava no chão, meio inconsciente", disse o motoqueiro. Havia uma tempestade enorme e, com o barulho da chuva, não ouvi meu irmão chegar e enfrentar o Cholo. Como ele me disse mais tarde, eles tinham forçado e finalmente ele tinha conseguido reduzi—la. Então ele tirou a arma dele...

—Mas... na TV eles disseram que você estava morto...

—interrompeu.

—Sim..., foi tudo uma confusão. E agora vem a coisa mais estranha da história", disse Daniel. Quando abracei meu irmão, eu estava em choque. Ele me disse para sair dali, que me explicaria tudo na frente de um uísque, que eu precisava secar e me aquecer ou eu pegaria uma pneumonia.

—Você estava azul", confirmou Benjamin, "não sei se era o frio ou o medo...

—Não tenho medo! —protestou Daniel.

—Bem, o que quer que fosse — disse seu irmão — você estava encharcado até a pele.

—Quando passamos pelo Cholo, vimos que estava ganhando vida — continuou Daniel — e Benjamin resolveu chamar a polícia. Mas primeiro, um pouco como uma brincadeira, ele colocou a máscara da ave—bruxa sobre ele.

Os olhos de Camila se abriram como pratos. Aquele rosto de perplexidade e as olheiras debaixo dos olhos dela não a faziam parecer melhor, mas mesmo nessas circunstâncias, Daniel a achava linda.

—Eu também fiquei assustada quando o vi fazer isso, disse ele. A verdade é que eu tinha começado a ter medo daquela maldita máscara.

—Você não disse que não tinha medo? —Benjamin zombou.

—Então quem teria te salvado, irmãozinho?

—Estão sempre assim? —assimou a Camila, sorrindo.

—Não sei bem como a gente se dá", disse Daniel. Não nos vemos há muitos anos...

O sorriso desapareceu do rosto de Camila, como se tivesse sido uma mera desculpa para deixar o medo de lado por um momento.

Então, voltando ao gesto de preocupação que a precedeu, ela perguntou:

—E o que aconteceu depois?

—Essa é a coisa estranha", disse Daniel. O Cholo parecia ficar louco. Ele se levantou como se estivesse fora de si. E gritou como um homem condenado, como se todos os demônios do inferno o perseguissem. E então... então ele pulou da torre sem o meu irmão ou eu estou sendo capaz de detêm—lo.

Camila ficou em silêncio por um momento. Ela parecia estar assimilando o que acabara de lhe ser dito. Então ela disse:

— "Ele merecia, mas eu não consigo deixar de tremer...

—Eu entendo", disse Daniel simpaticamente. Foi uma queda brutal.

—E como é possível que a televisão... —

—Bem, talvez a culpa tenha sido nossa", explicou Benjamin. Meu irmão tremia tanto que, em vez de ir direto para a polícia, eu o acompanhei até a casa, que, como você sabe, é muito próxima. Não ficamos lá muito tempo, só o suficiente para ele tomar um banho quente e se secar. Depois fiz rum e leite muito quentes para ajuda—ló a se recuperar e contei o que tinha acontecido e porque ele ainda estava vivo. Quando finalmente fomos falar com a polícia, a informação tinha vazado para a mídia. O inspetor encarregado dos suicídios havia contatado o CEO da nossa empresa para avisa—ló sobre o perigo...

—Mas não é o Daniel... — Interrompeu a Camila.

—Não", disse ele, "na verdade sou o presidente do conselho de administração, mas como quase nunca vou às reuniões e delego tudo ao diretor, foi o diretor que manteve contato com a polícia". Na verdade, ele nem achou necessário me dizer nada porque eles tomaram como certo que eu não era a pessoa que estava sendo ameaçada.

—Acima de tudo porque você não disse a ele que também não tinha recebido os pacotes, nem foi à polícia", repreendeu Camila.

—Como eu estava dizendo", continuou Daniel, sem tomar conhecimento, "quando soube do novo suicídio, o inspetor foi até a empresa e lá minha secretária lhe disse que eu tinha subido ao último andar, mas que ela não tinha me visto descer de novo".

—Nós descemos direto no elevador sem passar primeiro pela empresa", disse Benjamin.

—Então o inspetor imaginou que era eu quem tinha caído", continuou Daniel, "porque isso parecia seguir o padrão das outras mortes e confirmou suas suspeitas de que um diretor da nossa empresa (embora ele pensasse que seria o CEO e não eu) seria a próxima vítima".

—É claro, era apenas uma hipótese policial", acrescentou Benjamin, "e não podia ser verificada até que o legista verificasse a identidade do morto". Mas você sabe como são essas coisas... A informação é imediatamente divulgada à imprensa, e como essa hipótese foi praticamente tomada como certa pela polícia, a televisão a transmitiu sem verifica—la...

Camila então pensou que, na realidade, o locutor não havia literalmente dito que havia morrido, mas que "fontes confiáveis indicavam que a vítima era o homem de negócios Daniel Balmaceda...

—Quando terminamos de depor à polícia, fomos para casa", disse Benjamin. Nós recuperamos a vida e depois decidimos descansar um pouco, porque estávamos exaustos". Mas não podíamos dormir mais do que algumas horas, porque aqui seu amigo, não conseguindo falar com você pelo telefone, decidiu que viria procura—ló diretamente. Ele disse algo como se fosse capaz de virar toda a Araucania de cabeça para baixo até encontrar você!

—Você realmente disse isso? —Eu disse. —Perguntou Camila ao Daniel, sentindo que a emoção estava transbordando.

—Só te resta apoia—ló! —Benjamin brincou: "Você sabe a que horas nos levantamos para vir aqui e te encontrar?

—E como você me encontrou?

—Foi uma pequena coincidência', disse Benjamin. Daniel não sabia onde você estava, mas pelo que o Cholo lhe disse ele assumiu que você estava em algum lugar perto de Pucón, que era onde os sequestradores aparentemente o tinham mantido. E como meu irmãozinho é muito intuitivo, ele teve um palpite e decidiu que devíamos ir para o hotel onde você ficou uma vez aqui. No caminho, passamos por este bar, e Daniel olhou pela janela, e quando ele te viu, quase me beijou com a alegria que ele teve!

—Você está exagerando! —Rio Daniel.

—Bem, eu acho que vocês são todos loucos. —Vou voltar para Montevidéu e ficar lá! —joked Benjamin.

Então algo parecia invadir a mente de Daniel e o fez adotar uma expressão séria.

—Econteceu alguma coisa? —foi a Camila.

—Há uma coisa que me preocupa", respondeu ele. É algo que eu não entendo...

Como uma simples máscara poderia forçar o Cholo a entrar no vazio...

—Você nunca deixou de acreditar na ave bruxa, deixou? —Disse uma voz profunda e inesperada atrás deles.

Os três rapazes olharam para o lugar de onde aquela voz veio e se viram com olhos de lobo cinza, que tanto Daniel como Camila conheciam muito bem.

O chamada do estrada

CAPÍTULO 28

Ao ver o homem que havia tentado matá—ló, Daniel sentou—se em seu assento, movido pela raiva. Camila segurou seu braço e ele, segurando—se, sentou—se novamente. O tronco veio até a mesa e disse:

— "Vejo que, como me disseram, a ave—bruxa cometeu um erro em seu vôo desta vez.

—O que você quer? —assumiu Daniel secamente.

—Esse não é o tipo de educação que eu esperava do seu amigo.

—disse Aukan, olhando para Camila. Você não vai convidar este velho para sentar—se?

Daniel e Camila trocaram um olhar, e Camila convidou o chefe Mapuche para se sentar à mesa com um aceno de cabeça. Então ela perguntou:

—Como você sabia que estávamos aqui?

—É uma vantagem da idade", disse o lonco. Ao longo dos anos, embora você perca a visão e a audição, você acumula ouvidos e olhos em todos os lugares.

A expressão em todos os três implicava que eles não entendiam o que ele queria dizer, então Aukan apontou para o bar, onde a garçonete Mapuche o cumprimentou com um respeitoso arco de cabeça.

—Você é um criminoso, Aukan — disse Daniel — e um velho vingativo".

—Os deuses exigiam cinco almas em expiação", disse o velho como desculpa. Seus olhos lobisudos pareciam mais cansados, como se tivessem envelhecido desde a última vez que Daniel os viu.

—Você quer dizer que ainda persiste na ideia de me matar?

—fez o motoqueiro, apertando os punhos e dando um tom ameaçador à sua pergunta.

—a conta foi acertada", respondeu Aukan sem hesitar. Cinco almas foram entregues, embora nenhuma delas fosse sua.

Camila parecia respirar um suspiro de alívio ao som dela. Isso significava que a condenação mapuche que pesava sobre a cabeça de Daniel não existia mais.

—Que... —Que poder tem essa máscara? —Daniel perguntou de repente. Ele havia feito essa pergunta quase sem se dar conta. Ele não queria falar com aquele homem, não queria dar—lhe o prazer de ser fraco na sua frente. Mas ele precisava saber se era apenas sugestão que o tinha feito sentir—se dominado pelo espírito da ave—bruxa, ou havia algo mais? Ele precisava afastar a sombra que ainda estava entrelaçada em seus pensamentos.

—Por nossa tradição — respondeu Aukan — o pássaro mago habita nele, e quem o usa está possuído por ele".

—Eu sei", Daniel ficou impaciente, "mas é só isso?

—Você se pergunta por que aquele que a veste parece estar apaixonada por ele. Eu acho que, depois do que aconteceu, você tem o direito de saber a razão. —O solitário olhou vagamente para a forma de cobra esculpida em seu bastão. Há um veneno numa planta Mapuche, cujo nome não lhe revelarei, pois ele só é transmitido de machi para machi, que é o que chamamos de nossos conselheiros médicos, ou, como você os chamaria, xamãs?

—Uma droga? — Quero saber, Daniel.

—Vamos dizer que é algo que você não pode comprar em um supermercado, embora, sim, poderíamos chama-lo assim", respondeu o lunco. Essa... droga produz um efeito alucinógeno, semelhante a uma má viagem de LSD, e a pessoa que a toma começa a delirar e, se estiver a uma altura considerável, é natural que entre no vácuo. Talvez pensando que é um pássaro. Talvez tentando fugir daquele mau pressentimento que ele tem na cabeça. Quem sabe? Nós impregnamos essa substância em pequenos espinhos que estavam na máscara, e aquele que a colocou imediatamente sofreu os efeitos da loucura, que passou da pele da ave—bruxa para viajar pelas veias do homem miserável. Para lhe dar todas as informações de que precisa, vou lhe dizer que é uma substância indetectável, no improvável caso de alguém pensar em fazer uma autópsia em um corpo mutilado, cuja causa de morte é óbvia. Tudo o que precisávamos fazer era dar um empurrãozinho para a pessoa que deveria usá—la para fazer isso. E esse pequeno empurrão foi dado pelo Cholo, seja intimidando a pessoa condenada, seja chantageando—a com o dano a um ente querido.

Aukan parecia estar comovido com essas últimas palavras, e precisava tomar um pouco de ar antes de acrescentar:

— "Eu me sinto responsável pelo que aconteceu com aquele pobre garoto...

—Você é um assassino! —Disse Daniel novamente, enquanto ele sentia a raiva voltando. Eu deveria entrega—ló à polícia.

Os olhos do lobo ficaram opacos, mais graciosos, mas não refletiam raiva ou insolência, mas um arrependimento estranho e íntimo. Ele rodou seu bastão de madeira esculpida entre os dedos e disse:

—Você está certo.

Daniel e Camila olharam um para o outro, e o próprio Benjamin pareceu surpreso com essa resposta. O longo continuou:

—Você não tem que me entregar, porque eu mesmo vou fazer isso.

Camila, espantada, ia dizer algo, mas o lonco a deteve com um gesto de mão e continuou conversando com Daniel.

—Eu poderia lhe implorar que me perdoasse, mas não o farei. O que eu fiz é imperdoável, por isso não vou te pedir isso. Mas, ao invés disso, vou lhe contar brevemente uma história que não foi tão curta, mas muito longa. A história de um coração.

Aukan tirou um cachimbo de madeira e uma pequena caixa de metal de seu bolso. Ele tirou um par de pitadas de tabaco dele e as colocou cuidadosamente na tigela. Seus dedos alados, ligeiramente deformados pela osteoartrose, manejaram o ferrão com extrema delicadeza, suavemente empunhando os fios para permitir que eles respirassem. Os três jovens observavam como se hipnotizados pela atividade do homem velho. Ele levou o cachimbo à boca segurando—o pela tigela e acendeu—o. A fumaça aromática do tabaco envolveu seu rosto por alguns momentos. Quando este ritualzinho acabou, ele falou.

—O coração que segura o meu peito ainda bate, embora não deva. É um coração muito velho, mas nem sempre foi assim. Certa vez ele era jovem e se apaixonou por uma bela mulher, tão bela que seus olhos, que mudaram como o próprio céu ao longo do dia, pareciam dirigir a música das estrelas. Esse presente foi passado para sua neta, que agora se senta ao seu lado.

—Aucan apontou com seus olhos tristes para Camila, e depois perdeu o olhar em algum lugar além das paredes daquela sala e longe do tempo em que se encontrava. Ele gentilmente sugou a fumaça de seu cachimbo, segurou—o na boca por um tempo sem lhe dar acesso aos pulmões, e deixou—o ir languidamente antes de retomar sua história. A mulher não retribuiu, e o jovem coração sofreu sua primeira ferida. Seria uma ferida que nunca se fecharia, porque a partir do momento em que ele a conheceu, foi ela quem deu continuidade ao seu batimento, para que aquele coração soubesse que iria parar se um dia, mesmo à distância, ele parasse de vê—la. Esse dia chegou, porque ela foi tirada dele por um incêndio causado pela ganância do homem branco. E essa segunda ferida foi ainda mais devastadora do que a primeira. No entanto, os deuses lhe enviaram o maior castigo, talvez por ousar amar algo que só lhes pertencia: castigaram—no para continuar batendo. E ele teve que bater por muitos anos mais, bombeando cada vez mais sangue negro. E a dor gangrenava o coração, que gradualmente se corrompia e apodrecia, afastando com cada batida todas as coisas boas e ternas que antes o habitavam. E o amor foi substituído pela fúria, e a podridão emitiu seu eflúvio do peito para cima, turvando a pobre cabeça e enchendo—a de loucura.

Os três escutaram atentamente as palavras do velho. Daniel, ouvindo a história daquele velho coração, podia sentir em seu próprio coração como os sentimentos lutavam um contra o outro. Por um lado, ele odiava o homem que lhe infligia tanto sofrimento. Por outro lado, ele tinha pena do velho antes dele, cujos olhos não eram mais os de um lobo orgulhoso, mas os de um pobre velho desgastado pelos anos, pelo ódio e pela dor. Um velho que, pelo que ele dizia, já estava morto há muito tempo.

—Mary foi meu ouvido hoje", disse ele, acenando para a garçonete Mapuche, "Ela me disse, pelo que ouviu de sua conversa, que você — disse ele a Benjamin — não só não era responsável pelo incêndio, mas que foi graças a você que a lei que protegia nossas terras foi aprovada". Talvez sem a sua ajuda, parte da Araucania teria agora sido urbanizada e invadida pelo cimento e pelo asfalto. E eu...

—Sua voz tremia e parecia estar presa por um momento, até que recomeçou fraco.

—Lonco..." disse Camila, com pena do velho que parecia não ter mais forças para falar.

—Não", Aukan a parou e acenou com sua mão cansada para ela. Por favor, eu lhe imploro que me poupe da humilhação da piedade. Não mereço nem a sua pena nem o seu perdão. Sinto muito, homem branco", disse ele a Daniel. Eu sinto muito pela dor que eu causei a você... você e seu irmão. Vocês dois são almas puras, e eu vos fiz sofrer injustamente, cegos pelo ódio.

Ele então olhou para Camila com infinita tristeza em seus olhos cinzentos e acrescentou

— "Sinto pena de você, neta de Aimara. Vergonha e desgraça estarão comigo até o último dia da minha vida, que eu espero que venha em breve.

Com essas palavras, Aukan levantou—se lentamente e se apoiou em seu bastão de madeira, seguido pela fumaça de seu cachimbo até a porta. Ele o abriu e deixou o local, empurrado e derrotado. Essa foi a última vez que ele seria visto. Mas os três sentiram que quem entrava por aquela porta não era um homem, mas um destino. O destino de alguém que um dia foi um orgulhoso chefe Mapuche, condenado a viver uma vida que nunca teria escolhido, e do qual não sobrou nada além de uma velha sombra. A longa e triste sombra de um lobo mortalmente ferido.

EPILOGUE

O céu se estendia diante de seus olhos como se fosse uma enorme borboleta de asas azuis voando em direção à imensidão. As nuvens, brancas como recém lavadas, empilhadas no horizonte em nuvens de cúmulo inchado, adotando formas curiosas, que evoluíram com o capricho do vento e refletiram a suave luz do sol em sua superfície cotanilhosa. A voz mineral da terra acolheu mais uma vez os motoqueiros, regozijando—se por serem vistos novamente e por acariciarem mais uma vez sua pele velha com suas rodas. Benjamín tinha ficado em Pucón; para ele, uma nova viagem era muito cansativa, e já faz muitos anos que ele estava naquela pequena cidade, então ele decidiu ficar alguns dias e aproveitar a beleza da Araucanía. Camila e Daniel não estavam menos cansados do que ele, mas o que eles precisavam agora era algo mais, e ambos sabiam perfeitamente qual deles era. Para pedalar juntos mais uma vez em suas motocicletas, sem outro destino que seus corações e a estrada que apontava para eles. Não importava quanto tempo, uma hora, duas, três... Eles só precisavam fazer isso.

Daniel viu sua motociclista na frente dele novamente, tão destro como um cavalo Mapuche em seu cavalo de metal, deixando—se levar pela estrada mais uma vez, como dizia sua canção. E esta foi a primeira vez que ele não sentiu medo, quando não apenas uma infinita estrada de asfalto estava diante dele para ser percorrida ao seu lado, mas muitos dias, meses, anos, sem aquela sombra que os acompanhava e que ameaçava acabar com tudo a qualquer momento. Agora só havia luz, uma luz radiante e pura, que iluminava a escuridão da estrada e iluminava o caminho.

Os ciclistas passaram do outro lado da estrada, e ele e Camila responderam à saudação colocando a mão no joelho em forma de V. Os cheiros que a estrada trazia com ele, o agarraram novamente. O cheiro do prado, o esterco dos campos, o perfume das árvores... Ele sabia que, naquele momento, havia apenas um lugar no mundo que ele queria estar, e apenas uma pessoa com quem ele queria compartilhá—lo. E aquele lugar era onde ele estava agora, vagando no asfalto com sua princesa Mapuche. O quanto ele precisava disso! Para fugir com Camila, para pegar sua motocicleta, para andar muito, muito longe, até o fim do mundo, e se perder com ela. E o vento, mais uma vez o vento, o cercou com seu vigoroso abraço, até que derreteu com ele e desapareceu, transformando—se em uma brisa leve, quase imperceptível, como aconteceu com a estrada e com a própria motocicleta, sua garota, sua maravilhosa estrela da meia—noite. Tudo desapareceria, se dissolveria com velocidade e se tornaria um com ele, e ele mesmo deixaria de ser ele mesmo e se tornaria parte da estrada. Ele segurava firmemente o guidão da moto em suas duas mãos de luvas. A mordida da aranha havia sarado e, como a ave—bruxa, havia desaparecido para sempre de sua vida.

A estrada tinha sido longa e dura, mas o mal tinha sido abandonado. O ruído do motor acariciou seus ouvidos, e ele se deixou levar mais uma vez pelo seu sussurro e pela música do asfalto que ele e Camila compuseram enquanto rolavam. Tudo parecia ter corrido mal. Seu irmão havia voltado dos mortos. Ele havia salvado a vida dela. E acima de tudo, Camila o amava, e eles estavam juntos novamente. Não havia mais máscaras, nem embalagens, nem raiva do vulcão.

Ele olhou novamente para a vastidão de luz que se abriu diante dele e deu graças ao céu. E, não tendo certeza a quem alcançaria, elevou uma pequena oração até as alturas. Tudo o que pediu foi tempo para passar com a mulher, vida para percorrer as estradas, e um bom ouvido para poder continuar escutando por muitos anos aquele chamado distante e ecoante, que uma vez respondido não pode ser esquecido: o chamado da estrada. Um chamado que o vento leva a mil lugares, mas apenas alguns escolhidos, muito poucos, conseguem ouvir.

FIM

O chamada do estrada

www.ingramcontent.com/pod-product-compliance
Lightning Source LLC
Chambersburg PA
CBHW020320160726
47992CB00004B/1626